백제의 자존심을 지킨 세 아이 이야기

하늘 바다에 뜬 배

봄볕어린이문학

하늘 바다에 뜬 배

초판 1쇄 발행 2024년 11월 11일

지은이 김하은, 임지형, 정명섭
그린이 김병하

펴낸이 권은수 **펴낸곳** 도서출판 봄볕
만듦 박찬석, 장하린 **꾸밈** 여희숙 **가꿈** 성진숙 **알림** 강신현, 김아람 **살림** 권은수
함께 만든 곳 피오디 북, 가람페이퍼

등록 2015년 4월 23일 제25100-2015-000031호
주소 서울특별시 서대문구 서소문로 37 1406호(합동, 충정로대우디오빌)
전화 02-6375-1849 **팩스** 02-6499-1849
전자우편 springsunshine@naver.com **블로그** http://blog.naver.com/springsunshine
스마트스토어 https://smartstore.naver.com/shinybook
인스타그램 @springsunshine0423
ISBN 979-11-93150-49-8 73810

백제의 자존심을 지킨 세 아이 이야기

하늘 바다에 뜬 배

김하은·임지형·정명섭 지음 | 김병하 그림

봄볕

하늘 바다에 뜬 배 7

사리 장엄구의 갈색 유리병 65

정림사 석탑의 붉은 비문 113

작가의 말 166

하늘 바다에 뜬 배

◆ 정명섭 ◆

백제 개로왕 21년(서기 475년) 가을, 위례성(지금의 서울 풍납동)에서였다.

"잘 봐 둬라."

기와와 막새를 만드는 승태 박사의 말에 재령은 고개를 길게 빼고 지켜봤다. 승태 박사는 고깔처럼 생긴 검은색 변형모(弁形帽 : 삼국시대에 많이 쓴 관모)에 자락이 긴 갈색 저고리를 입고, 두꺼운 검은색 허리띠를 둘렀다. 고덕(固德 : 백제의 16관등 가운데 아홉 번째 관등) 직위의 승태 박사는 기와, 특히 막새 기와를 만드는 실력이 탁월했다.

승태 박사는 위례성 성벽 아래에서 캐 온 진흙에 물을 부어 반죽한 뒤, 연화문(연꽃무늬)이 그려진 와범(기와를 만들 때 쓰는 동그란 나무틀) 위에 진흙을 떨어뜨렸다.

　"여기서는 진흙의 양이 중요해. 와범 위에 진흙을 너무 많이 올리면 두꺼워지거든."

　"그래서 얼마만큼 올리라는 말씀인가요?"

　아시촌의 기와 장인들 중 우두머리 역할을 하는 나갑 아저씨가 물었다. 변형모와 긴 저고리 차림의 승태 박사와 달리 나갑 아저씨와 아시촌의 기와 장인들은 땀에 전 갈색 두건을 머리에 둘렀고, 황토색 짧은 저고리와 바지 차림이었다.

　나갑 아저씨의 물음에 승태 박사는 둘둘 걷은 소매에서 대나무로 만든 자를 꺼냈다.

　"눈짐작으로 하는 놈들이 많지만 그랬다가는 기와 무게가 제각각이 되어 버리지. 여기 검은색 빗금 보이지?"

　승태 박사가 묻자 기와 장인들이 모두 고개를 끄덕였다. 승태 박사는 대나무 자를 와범 옆에 세웠다.

　"여기 빗금까지 진흙을 누르면 돼. 넘치면 대나무 칼로 잘라 내고."

　"누르는 건 손으로 합니까, 아니면 판으로 합니까?"

"당연히 판으로 해야지. 주먹이나 손바닥으로 누르면 높이를 못 맞춰. 그러면 수막새의 무게가 달라지니까."

나갑 아저씨가 묻고 승태 박사가 대답했다.

"그래 봤자 기와 한 장인데요, 박사님."

"그런 소리 말게. 저길 보라고."

승태 박사가 손을 들어 가리킨 곳은 왕성이었다.

"지금 건길지(鞬吉支 : 백제의 백성들이 왕을 부르던 명칭)께서 궁궐을 새로 짓고 선왕의 무덤도 새로 만드시는 중일세. 기와가 많이 필요한 상황이라 이 말이야."

"그래서 우리 마을 기와 장인들을 포함해서 인근에 사는 기와 장인들이 전부 다 여기로 오지 않았습니까. 저 꼬맹이까지 말이죠."

아버지가 입던 통이 넓은 바지 차림의 재령을 가리키며 나갑 아저씨가 대답했다.

그러자 승태 박사가 재령을 바라보았다.

"그러고 보니 여기서 제일 어리구나. 아직 장가도 안 간 듯한데, 올해 몇 살인고?"

"열네 살입니다, 박사님."

재령이 대답하자 승태 박사는 고개를 끄덕였다.

"내가 그즈음부터 기와를 만들었지. 일을 시작하기 좋은 나이야. 어쨌든……."

승태 박사는 헛기침을 하고 말을 이어 갔다.

"기와 무게가 각각 다르면 지붕을 받치는 기둥이 버티지를 못해. 처음 몇 년은 괜찮겠지. 하지만 세월이 흐를수록 한쪽으로 기울다가 결국은 무너지고 말 게야. 무게가 한쪽으로만 쏠리기 때문이지."

그러자 기와 장인들이 모두 수긍하는 표정으로 고개를 끄덕거렸다.

바로 옆에 있는 위례성에서는 공사가 한창이었다. 얼마 전부터 남부에서 부역을 온 백성들이 성벽을 높이고 있었다. 욱리하(郁里河 : 백제에서 지금의 한강을 부른 명칭) 쪽의 땅을 파서 해자를 만들고 목책을 세웠다. 흙을 쌓은 뒤에는 물을 부으면서 절구처럼 생긴 달구를 내리찍었다. 일꾼들은 그걸 달구질이라고 했다.

저 멀리에서는 성벽에 장작을 쌓아 불을 지르고 있었다. 그 광경을 보고 장인 한 명이 중얼거렸다.

"아까운 장작을 왜 저렇게 쓰는지 모르겠네."

그러자 나갑 아저씨가 아는 척을 했다.

"저렇게 해야 겉이 맨들맨들해져서 고구려 놈들이 올라오질 못하지."

"고구려 놈들한테 죽기 전에 일하다가 먼저 죽게 생겼어요."

장인의 퉁명스러운 대꾸에 나갑 아저씨는 아무 말도 하지 못했고, 승태 박사는 못 들은 척을 했다. 재령은 말없이 성벽만 올려다봤다.

재령이 사는 아시촌 사람들은 대대로 기와 굽는 일을 했다. 그런데 얼마 전에 담로(擔魯 : 한성 백제 시기의 지방 행정 구역)의 성주가 도성에 기와가 많이 필요하니 아예 작업장을 옮기라고 지시했다. 한 집에 한 명씩은 기와를 만들러 가야 했는데, 재령네 집은 아버지가 일찍 돌아가시고 동생이 아직 어린 탓에 재령이 가야 했다. 다행히 아버지 친구이자 촌장을 맡고 있는 나갑 아저씨의 도움으로 기와 만드는 일을 배우면서 지낼 수 있었다.

힘들어 죽겠다며 여기저기서 한숨이 터졌다. 그러자 나갑 아저씨가 말했다.

"다들 정신 차려! 지금 욱리하 너머에서 승냥이 같은 고구려 놈들이 호시탐탐 노리고 있는데, 손 놓고 있을 텐가?"

"그럼 멀리 남쪽으로 도읍을 옮기면 되지 않습니까?"

누가 발끈해서 볼멘소리를 하자 나갑 아저씨가 눈살을 찌푸렸다.

"이 사람이 진짜……. 큰일 나고 싶은가?"

나갑 아저씨 말에 다들 입을 다물었다. 분위기가 어색해지자 승태 박사가 웃으며 끼어들었다.

"우리 같은 것들이 백날 얘기한다고 위에서 들겠나? 그냥 시키는 일이나 하면 그만이지."

다시 작업이 시작되었다. 재령은 옆에 있는 와범 틀을 바라봤다. 대부분 어른 손바닥보다 큰 동그란 나무에 처음 보는 여러 가지 무늬가 새겨져 있었다. 아시촌에서는 그냥 수키와와 암키와를 만드는 게 전부여서, 막새기와 만드는 모습을 처음 보는 재령은 무척 신기했다.

"수키와에 붙이는 걸 수막새, 암키와에 붙이는 걸 암막새라고 한다. 둘 중에 중요한 건 수막새라고 할 수 있지."

"왜요?"

재령이 물었다. 승태 박사는 느긋이 웃으며 말했다.

"암키와는 움푹 들어간 형태라 끝자락에 빗물이 맺혀서 떨어지게 되어 있어. 반면에 수키와는 위쪽으로 둥글게 올라간 형태여서 빗물이 옆으로 흘러가거나 안쪽으로 스며들게 되어 있지. 수막새는 수키와를 따라 흘러내린 물이 안쪽으로 흘러 들어가지 않게 막는 역할을 한단다. 주전자의 물이 밖으로 흘러넘치지 않게끔 뚜껑을 덮는 것과 같은 이치지. 만약 수막새에서 빗물이 새어 들어가면 지붕이 망가지는 건 시간문제란다.”

다들 알겠다는 듯 고개를 끄덕이자 승태 박사가 설명을 이어 갔다.

“아까 어디까지 얘기했더라……. 그래, 와범 위에 진흙을 덮는다는 말까지 했지?”

“네.”

나갑 아저씨의 대답에 승태 박사는 대나무 자로 와범 위에 쌓은 진흙의 높이를 쟀다.

“요 높이까지 진흙을 눌러야 해. 손으로 천천히 눌러야 한다. 그리고 누를 때는 두 손을 펼쳐야 하고. 그러지 않으면 한 군데만 눌러서 모양이 흉해진다. 누를 때는 숨을 참고 천천히 눌러. 이렇게.”

승태 박사가 엉거주춤 일어나서 시범을 보이자 재령이 물었다.

“왜 숨을 참아야 하나요?”

"그래야 고르게 누를 수 있으니까. 숨을 쉬면서 누르면 균형이 깨지거든. 한번 해 보겠느냐?"

재령은 냉큼 고개를 끄덕였다. 호기심이 많고 기와를 좋아하는 재령에게는 놓칠 수 없는 기회였다. 재령은 승태 박사가 새 와범 위에 떨어뜨린 진흙을 바라보다가 천천히 두 손으로 눌렀다.

"숨을 멈추고 천천히."

재령은 승태 박사의 말을 되뇌며 천천히 눌렀다. 물기를 머금은 진흙이 눌리는 것을 손과 귀로 느낀 재령은 숨을 내쉬면서 손을 떼었다. 곁눈질로 승태 박사를 바라보니 놀란 표정을 짓고 있었다.

"잘 눌렀구나! 자질이 보여."

승태 박사가 칭찬하자 나갑 아저씨가 기분이 좋은지 뒤통수를 긁적거렸다.

"죽은 저 아이 아버지가 우리 마을 최고의 장인이었습니다. 그 피를 고스란히 물려받았는지 곧잘 합니다."

"나도 가르치는 보람이 있어서 좋군. 자, 다음으로 넘어가세. 와범 위에 진흙을 누르고 나면 주변을 살짝 튀어나오게 하고, 그걸 앞쪽으로 눌러. 벽에 붙이듯이 말이야. 그리고 끝은 대나무 칼로 가지런히 정리하고."

"왜 이렇게 하나요?"

재령의 물음에 승태 박사가 대답했다.

"이걸 주연부라고 한다. 최대한 비가 수막새에 닿지 않게 하고 아래로 흐르게 만드는 거지. 이제 수키와를 만들어 보세."

승태 박사는 설명을 마치고 와범 옆에 있는 와통(기와를 만들어 내는 틀) 쪽으로 걸어가며 장인들에게 말했다.

"먼저 와통 주변에 삼베로 짠 마포를 붙이지."

승태 박사가 와통 테두리에 올이 성긴 마포를 붙이자 나갑 아저씨가 끼어들었다.

"우리 마을에서도 이렇게 만듭니다."

"그렇군. 띠로 만들어서 붙이기도 하지만 이 방법이 더 편하긴 하지."

그러고는 손으로 꾹꾹 눌러 잘 붙인 다음에 주걱처럼 생긴 타날판(기와 모양을 다듬을 때 쓰는 판)을 들고 천천히 진흙을 때렸다. 타날판 곁에는 새끼줄이 감겨 있었다. 그냥 때리면 진흙이 묻어나서 새끼줄을 감은 것이다.

승태 박사가 한숨 돌리며 말했다.

"수키와는 이런 식으로 만들면 되네. 이제 와범에 붙은 수막새의 앞부분을 떼어 보세. 재령아."

"네."

"어제 만든 수키와가 저쪽에 있을 거야. 그것 좀 가져올래?"

재령은 미리 만들어 세워 놓은 수키와를 냉큼 가져왔다.

"이제 막새랑 수키와를 붙여야 해. 이게 가장 중요한 과정이니 잘들 보게."

승태 박사가 대나무 칼을 쥐었다.

"우선 와범에 붙은 수막새의 테두리를 대나무 칼로 비스듬히 잘라 내."

승태 박사는 아주 능숙한 솜씨로 수막새의 테두리를 잘라 냈다. 그런 다음 수키와를 보며 말했다.

"수키와도 마찬가지야. 비스듬하게 잘라 낸 뒤에 양쪽을 맞추면 돼. 물을 살살 발라 가면서 말이야."

재령이 눈치 빠르게 바가지에 물을 담아 가져다줬다.

승태 박사는 순식간에 수키와 테두리 부분을 비스듬히 잘라 내고 와범에 붙은 수키와에 수직으로 신중하게 붙였다. 그러고는 튀어나온 부분을 대나무 칼로 꾹꾹 누르고, 접합된 부위에 물을 발랐다.

재령이 물었다.

"이렇게만 해도 막새와 기와가 잘 붙나요?"

"무게가 있어서 이 정도로는 안 된단다. 비스듬하게 붙은 안쪽 부분에 진흙을 덧붙여야 해."

승태 박사는 대나무 칼을 내려놓고 진흙덩이를 작게 떼어 낸 다음 손바닥으로 비벼서 길게 만들었다. 그런 다음 수막새와 수키와 안쪽에 꼼꼼히 붙였다.

"이렇게 하고 하루쯤 지난 뒤에 와범에서 떼어 내면 돼. 그다음에는 가마에서 구우면 되는 거고."

그렇게 완성된 수막새를 바라보는 재령의 눈빛이 반짝거렸다. 승태 박사는 재령을 흐뭇한 눈으로 바라보며 어깨를 두드려 줬다.

"기와란 참으로 오묘한 것이지. 흙이랑 물이 섞여서 반듯한 기와가 만들어지면 비도 막고 눈도 막아 주고, 사람에게 편안한 집이 되어 주거든."

"저도 그게 좋아요. 반듯하게 올라간 기와를 바라보면 꼭 하늘이라는 바다에 뜬 배 같거든요."

재령이 말하자 승태 박사는 기와 장인들을 돌아보면서 껄

껄 웃었다.

"거, 어린아이가 똘똘하구먼."

이렇게 칭찬하고 웃음을 그친 승태 박사가 말했다.

"자, 한 번씩들 해 보게. 해 봐야 늘지."

나갑 아저씨를 비롯한 기와 장인들이 우르르 몰려들어 진흙을 만지고 와범을 바라보았다. 재령도 어른들 틈에 끼어 이것저것 들여다보며 얘기를 나눴다. 그리고 와박사 직책이 있는 승태 박사에게 이것저것 물었다.

"와박사님은 진흙을 어떻게 만드세요?"

"먼저 고운 흙에다 강가에서 퍼온 모래를 섞지. 필요에 따라서는 석회와 잘게 썬 짚을 넣기도 하고."

"말릴 때는 얼마나 말리시나요?"

"반나절 정도. 그리고 가마에서 하루쯤 굽는단다."

정신없이 질문하던 재령의 귓가에 이상한 소리가 들렸다. 고개를 돌리니 갑옷을 입은 기마병 한 무리가 작업장 바로 옆으로 정신없이 달려가고 있었다. 투구 위로 솟은 붉은 술이 바람에 흩날렸다. 작은 쇳조각을 가죽끈으로 엮어 만든 갑옷을 입었는데, 급하게 왔는지 흙먼지가 잔뜩 묻어 있었다. 기마병들이 바삐 달려가면서 말발굽에 튄 흙이 사방으로 뿌려졌다. 사람들은 놀라서 주춤거리며 물러났다.

기마병들은 곧장 위례성과 접한 욱리하 나루 쪽으로 향했다. 그쪽에는 지방에서 올라온 배들이 정박하는 나루와 위례성을 잇는 성문이 있었는데, 그 성문을 지키려고 가는 것 같았다.

펄럭이는 깃발에 적힌 글씨를 보고 재령이 중얼거렸다.

"미추성(지금의 인천)에서 왔나 보네."

"거기가 어딘지 아니?"

승태 박사가 묻자 재령이 고개를 끄덕였다.

"서쪽 바닷가에 있는 성이라고 알고 있어요. 당성(지금의 경기도 화성) 위쪽이요."

승태 박사는 재령의 대답을 듣고 욱리하 건너편의 아차산을 바라봤다.

"뭔가 심상치 않은 일이 생겼나 보구나."

그러자 재령은 성벽을 올리고 있는 위례성을 쳐다봤다.

"그래서 성벽도 높이고 더 단단하게 만드는 공사를 하는 거잖아요."

"그렇긴 한데……."

위례성 성벽을 걱정스러운 눈길로 올려다보며 승태 박사

가 말했다.

"성벽이 높다고 반드시 성을 지킬 수 있는 건 아니어서 말이다."

승태 박사의 말에 재령은 고구려 군대가 있다는 아차산 쪽을 바라봤다. 그러는 동안 욱리하에 다다른 미추성 기병대는 나루터 근처에 흩어져서 자리를 잡았다.

"한때는 고구려의 도성인 평양성까지 밀고 올라간 적이 있다고 들었어요."

"오래전이었지. 아주."

"그런데 지금은 반대로 고구려군이 우리 도성 바로 앞까지 왔네요."

"계절이 바뀌듯 나라의 운명도 바뀌게 마련이니까. 아무튼 그건 나라님이 걱정할 문제고, 우리는 기와를 잘 만들어야지."

"기와를 올릴 곳이 없어진다면요?"

재령이 뜻밖의 질문을 하자 승태 박사는 한숨을 내쉬었다.

"기와를 불에 구워서 지붕에 올리면 얼마나 오래가는 줄 아느냐?"

"50년이라고 들었습니다."

"그건 기와가 아래로 밀려났을 때의 일이고, 실제로는 수백 년 동안 끄떡없이 버티지."

"진짜요?"

승태 박사는 재령을 보며 씩 웃었다.

"나무는 불타고 주춧돌은 파헤쳐지더라도 기와는 남는단다. 한번은 기와를 만들려고 가마터에 갔다가 예전 기와를 본 적이 있지. 언제 적 기와였는 줄 아니?"

"언제 기와였는데요?"

"온조 대왕 때 것이었지. 거의 500년 전 기와였단다."

"정말요?"

"그럼, 정말이다마다. 이 세상 모든 것이 불타고 없어져도 기와, 특히 수막새는 살아남는단다. 그러니까 우리는 아주 중요한 일을 하는 거지. 내 말 무슨 뜻인지 알겠느냐?"

"네."

재령이 눈을 반짝이며 대답했다.

승태 박사가 허리를 굽혀 재령의 눈을 가만히 들여다보며 말했다.

"내 와범들을 구경해 보겠니?"

"참말이세요?"

"그럼! 이리 따라오너라."

승태 박사는 재령을 작업장 구석으로 데려가 탁자 위에 놓인 와범들을 보여 줬다. 마치 커다란 도장처럼 보이는 와범들은 저마다 모양이 달랐다. 맨 먼저 눈에 띈 것은 원형을 네 개의 공간으로 나누고 그 안에 나뭇가지 같은 것과 함께 동그란 원을 그린 것으로, 원 안에는 다시 열십자(+) 모양이 새겨져 있었다.

재령이 진지한 태도로 찬찬히 살펴보자 승태 박사가 하나하나 설명해 줬다.

"이건 전문이라고 한다."

"무얼 본뜬 건가요?"

"동전 만드는 거푸집을 참고해서 만든 거야. 여기 나뭇가지처럼 보이는 건 녹인 금속을 붓는 주입구지. 지금 여기 있는 건 가장 기초적인 것이고, 여러 형태로 나뉜단다. 그 옆에 있는 건 뭐 같으니?"

승태 박사가 말한 와범은 방금 본 전문 형태의 무늬에서 나뭇가지만 새겨진 형태였다.

"나뭇가지만 있네요?"

"그래서 이건 수지문이라고 한다. 마찬가지로 형태는 여러 가지지."

재령은 눈길을 옆으로 돌렸다. 옆의 와범은 위아래에 꽃봉
오리 같은 게 보였다.

"이건 꽃 같은데요?"

"그래. 초화문이라고, 꽃과 풀을 상징으로 한 것이지. 위
아래로 나뉜 형태여서 언뜻 전문처럼 보이지만 엄연히 다르
단다. 그 옆에 있는 건 아까 보여 준 연화문이고."

"저기엔 짐승 얼굴 같은 게 새겨져 있어요."

"수면문이라는 것이지. 잘 살펴보렴."

승태 박사가 와범을 들어 재령에게 보여 주면서 갑자기 큰
소리로 외쳤다.

"어흥!"

"앗, 깜짝이야!"

재령이 피하는 척하며 웃자, 승태 박사는 호랑이 얼굴이
새겨진 와범을 가면처럼 쓰고는 장난스레 움직였다.

"나는 백제 호랑이다. 신라 놈들도 잡아먹고, 고구려 놈들
도 잡아먹지. 어느 쪽부터 잡아먹을까?"

승태 박사는 껄껄대며 와범을 내려놓고 다시 그 옆에 있는
와범을 가리켰다.

"저건 무슨 문양으로 보이느냐?"

승태 박사가 가리킨 와범은 중앙에서 사방을 향해 여러 개의 가느다란 줄이 뻗어 있는 형태였다. 재령이 모르겠다고 고개를 젓자 승태 박사가 말했다.

"방사무늬라고 한단다. 가운데를 중심으로 사방으로 뻗어가는 형태를 뜻하지."

"그 옆에 있는 와범에는 아무 문양도 없네요?"

그러자 승태 박사가 고개를 끄덕였다.

"그래서 무문이라고 하지."

"이건 왜 만든 건가요?"

"틀에서 찍어 낸 다음에 말이다……."

승태 박사는 소매에서 대나무 자를 꺼내더니 찌르는 시늉을 했다.

"이걸로 꾹꾹 찌르지. 자돌문이라고 하는데, 빗방울이 떨어지는 형상과 같아서 우점문이라고도 한다."

승태 박사는 기와에 관해서 가르치는 와박사답게 아는 것이 많았다. 재령은 왁자지껄 떠들고 있는 기와 장인들을 힐끔 보다가 물었다.

"그런데 수막새에 문양을 넣는 게 어떤 의미가 있나요?"

승태 박사는 잠시 고개를 들어 위례성을 바라봤다. 해가 성벽 가까이에 걸려 있어 창을 든 병사의 그림자를 더욱 길게 만들었다.

"검이불루 화이불치(儉而不陋 華而不侈)라는 말을 들어 본 적 있느냐?"

"아니요."

재령이 고개를 젓자 승태 박사는 저물어 가는 해를 올려다보며 말했다.

"검소하지만 누추하지 않고, 화려하지만 사치스럽지 않다는 뜻이지. 백제의 문화를 상징하는 말이기도 하다."

"어떻게 해야 검소하지만 누추하지 않을 수 있고, 화려하지만 사치스럽지 않을 수 있나요?"

승태 박사는 입가에 잔잔한 웃음을 머금었다.

"그렇지. 검소하지만 누추하지 않고 화려하지만 사치스럽지 않다는 것은 언뜻 들으면 말이 안 되지. 그런데 말이다, 저기 하늘을 보렴."

재령은 승태 박사가 가리키는 대로 하늘을 올려다봤다. 노을로 붉게 타오르던 태양이 점점 가라앉으면서 빛을 잃은 하늘에 초승달이 보였다.

"해와 달은 같은 하늘에 떠 있을 수 없단다. 그러나 실제로는 아주 짧지만 같은 하늘에 떠서 우리 눈에 보일 때가 있지."

"신기해요!"

"조금 전에 얘기한 것도 같은 이치란다. 우리가 마음속에 지니고 있어야 할 균형이지."

"균형이요?"

"검소함과 누추함의 차이가 무엇이라고 생각하느냐?"

"잘 모르겠어요."

"사실 둘 사이에는 차이가 없단다. 다만 그걸 바라보는 시선 때문에 나뉘는 거지. 검이불루 화이불치는 그 마음속의 저울이 어느 쪽으로도 기울지 않는다는 것을 뜻한단다. 자, 이걸 보렴."

승태 박사는 여러 와범 중에서 연화문이 조각된 것을 가리켰다.

"연화문은 연꽃을 상징적으로 묘사한 무늬지. 연꽃이 활짝 핀 아름다운 모습을 표현했지만 전부 다 담지는 않았단다. 연꽃이라는 것을 알아볼 수 있을 정도로만 조각했지. 그게 바로 화려하지만 사치스럽지 않다는 뜻이야. 그리고 제일 마지막에 본 무문은 거기에 뾰족한 것으로 점을 찍어서 떨어지는 빗방울을 상징적으로 표현한단다. 그게 바로 검소하지만 누추하지 않다는 것이야."

재령은 승태 박사의 설명을 들으며 고개를 끄덕였다. 완벽하게 알아듣지는 못했지만 웬만큼 이해할 수 있었다. 승태 박사는 그런 재령을 대견해하는 눈빛으로 바라봤다.

어느덧 해가 저물어 일을 끝내라는 뿔피리 소리가 들렸다. 그러자 성벽에서 지게에 흙을 짊어져 나르고, 쌓은 흙을 발로 밟던 백성들이 한숨을 쉬면서 자리에 주저앉았다.

와범을 비롯해 승태 박사의 장비를 구경하던 기와 장인들도 홀가분한 표정을 지었다.

승태 박사가 나갑 아저씨에게 말했다.

"수고들 했네. 내일 아침에는 수막새를 가마에서 어떻게 굽는지 시범을 보여 주겠네."

"같이 저녁이라도 잡숫고 가시지요. 주먹밥에 짠지밖에 없지만 말입니다."

승태 박사가 손사래를 쳤지만 나갑 아저씨가 팔을 잡아끌었다.

"금방 됩니다, 박사님. 뭣들 하나? 어서 저녁 준비하지 않고."

재령은 잽싸게 물통을 들고 욱리하로 뛰어가서 물을 떠 왔다. 돌과 깨진 기와로 쌓은 화덕에 누가 소뿔 모양 손잡이가 달린 시루 솥을 올려놨다. 재령이 물통을 옆에 놓자 식사 당번인 치준 아저씨가 바가지로 물을 퍼서 부었다. 그리고 바닥에 구멍이 숭숭 뚫린 시루를 그 위에 올린 뒤, 쌀과 보리가 물에 잠긴 큰 그릇을 넣고 뚜껑을 덮었다. 그러는 동안 나갑 아저씨는 며칠 전 아시촌에서 보내온 노루 고기 육포를 하나씩 나눠 줬다.

　육포를 입안에 넣고 오물거리는데 시루 뚜껑이 들썩였다. 그러자 치준 아저씨가 소금에 절인 무를 썰며 재령에게 말했다.

　"뚜껑 좀 열어 놔라."

　"네."

　소매를 쭉 빼서 잡고 시루 뚜껑을 살짝 열어 옆으로 기울여 놨다. 곡식이 푹 익으면서 나는 구수한 냄새를 맡아 그런지 배에서 꼬르륵 소리가 났다.

　밥이 다 되자 모두 둘러앉았다. 재령은 승태 박사와 함께 와범이 쌓인 곳 앞에서 먹었다. 김이 모락모락 피어오르는 보리밥 위에 무짠지가 하나씩 올라갔다. 남은 밥은 치준 아저씨가 큼직한 천 위에 펼쳐서 식힌 다음 주먹밥으로 만들고 있었다. 내일 아침으로 먹을 주먹밥이었다.

"밥이 맛있구나."

승태 박사가 천천히 밥을 씹으며 말했다.

"마을 근처에서 재배한 곡식이에요. 땅이 좋아서 맛이 좋다고 하더라고요."

"그렇구나."

밥을 거의 다 먹어 갈 무렵, 웅성대는 소리가 들렸다. 재령은 숟가락을 든 채 주변을 두리번거렸다.

"이게 무슨 소리죠?"

"글쎄다."

승태 박사도 고개를 저었다.

그때, 재령의 눈에 아차산의 불빛들이 보였다. 불빛 한 점 없던 아차산에서 작은 불빛들이 무리를 지어 욱리하 쪽으로 움직이고 있었다.

"저기에서 나는 소리인가 봐요. 불빛들이 이쪽으로 오는 것 같아요."

재령이 외치자 밥을 먹고 여기저기에서 쉬고 있던 기와 장인들이 모여들었다.

나갑 아저씨가 다가오자 재령이 물었다.

"저 산에 고구려군이 있지 않나요?"

"맞아. 하지만 작은 보루들뿐이어서 저렇게 많은 횃불이 움직일 리가 없는데."

"그럼……?"

재령이 올려다보자 표정이 굳어진 나갑 아저씨가 사람들에게 소리쳤다.

"혹시 모르니 짐들 챙기시오!"

그러자 다들 이런저런 도구며 짐을 챙겼다. 불화살 몇 개가 아차산 쪽에서 날아올랐고, 욱리하 쪽으로 움직이는 불빛이 점점 많아졌다.

옆에서 승태 박사가 한숨을 크게 내쉬었다.

"적어도 1만 명은 되어 보이는군. 고구려 왕이 움직이는 게 분명해."

"네? 설마 고구려 왕이 직접 왔을까요?"

재령의 물음에 승태 박사가 말했다.

"몇 년 전에 어라하(於羅瑕 : 백제 때 왕을 이르던 말)께서 북위에 고구려를 쳐 달라는 국서를 보낸 적이 있단다. 그러나 북위는 움직이지 않았고, 그 사실을 알게 된 고구려 왕은 크게 분노했다고 하더구나."

"우리 백제가 고구려와 그렇게 사이가 나빴나요? 얼마 전까지만 해도 건길지께서 고구려 스님과 친하게 지냈다고 들었는데요."

"도림 말이로구나. 그자는 처음 나타났을 때부터 고구려왕의 첩자라는 소문이 돌았다."

"정말요? 그럼 그 스님이 충동질해서 성벽을 높이고 이런저런 공사를 하라고 했다는 게 사실인가요? 우리 힘이 빠지고 나면 쳐들어오려고요."

"그 소문은 나도 들었지만 어차피 해야 할 일이었단다. 다만 공력이 많이 들기 때문에 반대가 심했을 뿐이지."

재령은 점점 더 많아지는 아차산의 불빛을 보면서 물었다.

"이제 어떡해야 하죠?"

"그러게 말이다……."

아까 나루터 근처에 자리 잡았던 미추성의 기병들이 말을 타고 위례성 쪽으로 움직이는 모습이 보였다. 그러는 동안 아차산의 불빛은 더 늘어났고, 선두는 욱리하에 닿았다.

그때, 흰 깃털이 꽂힌 투구를 쓴 군관이 병사들을 데리고 다가왔다. 조끼 모양의 갑옷을 입었는데, 움직일 때마다 허리에 찬 환두대도(손잡이 부분에 둥근 모양의 고리가 있는 칼)가 부딪치면서 요란한 쇳소리가 났다. 투구 대신에 두건을 쓴 병사들은 가지가 달린 창을 들고 있었다.

일행에게 다가온 군관이 외쳤다.

"여기 책임자가 누구인가?"

그러자 나갑 아저씨가 짐을 싸다 말고 다가가서 굽실거리며 말했다.

"소인입니다요."

"지금 즉시 짐을 챙겨서 위례성으로 들어간다. 식량이나 무기가 될 만한 물건은 모두 챙기고, 가져갈 수 없는 것들은 전부 불태우거나 부숴라."

"지금 당장 말입니까?"

나갑 아저씨가 되묻자 군관이 욱리하 쪽을 가리켰다.

"고구려 놈들이 욱리하를 건너려는 게 보이지 않느냐? 서두르지 않으면 저놈들 손에 죽고 말 게야!"

군관의 호통에 나갑 아저씨는 알겠다고 말하면서 재령을 가리켰다.

"어린아이가 하나 있는데, 이 아이는 고향으로 보내 소식을 전하게 해도 되겠습니까? 아직 어려서 어차피 도움이 안

될 겁니다."

군관은 얼굴을 찌푸리며 고개를 끄덕였다. 그러고는 바로 옆에 있는 병사들을 이끌고 성벽으로 갔다. 그곳에는 성을 쌓을 때 올린 발판이 있는데, 병사들이 그걸 제거하기 시작했다. 일꾼들도 성으로 들어가라는 말을 들었는지 부랴부랴 짐을 챙겼다.

"자, 다들 서두르시오!"

나갑 아저씨가 사람들에게 서두르라고 재촉한 뒤 재령에게로 왔다.

"넌 어서 우리 마을로 가서 여기 소식을 전해라. 일단 마을을 떠나 빗점산으로 피란 가서 동태를 살피라고 해."

"저만 가라고요? 싫어요."

"지금 투정 부릴 때가 아니야. 우리가 전부 위례성에 들어가면 어떻게 될지 모른다."

나갑 아저씨가 엄한 표정으로 말했다.

"그게 무슨 말씀이세요?"

재령이 놀라서 묻자 나갑 아저씨는 군관을 힐끔 쳐다보고 대답했다.

"고구려 놈들이 마음먹고 쳐들어왔다면 이 성이 못 버틸지 모른다. 그러면 우리는 다 죽거나 끌려갈 수 있어. 그러니까 누구든 소식을 전해야지. 주먹밥과 물을 챙겨서 떠나라. 짚신도 여러 켤레 가져가야 한다."

나갑 아저씨가 얘기하는 도중에 승태 박사가 끼어들었다.

"그러는 게 좋겠구나."

"와박사님도 그렇게 생각하세요?"

승태 박사는 근심이 가득한 얼굴로 위례성을 바라봤다.

"백제의 기와 장인들은 전부 여기로 와 있다. 모두 다 성으로 들어갔다가 만약 좋지 않은 일이 생기면 백제의 기와 만드는 기술은 모조리 사라지고 말 게야. 특히 수막새는 제대로 만들 수 있는 사람이 별로 없다. 그러니 너라도 살아서 가야 한다. 알겠지?"

"그래도……."

재령이 눈물을 글썽이자 승태 박사가 말했다.

"이리 와 봐라."

"네."

승태 박사가 재령을 데려간 곳은 자신의 와범을 비롯한 여러 도구가 있는 곳이었다. 승태 박사는 큼직한 가죽 보따리에 와범을 차곡차곡 넣었다.

"다른 도구들은 얼마든지 구할 수 있지만 와범은 다시 만들기가 힘들지. 무겁겠지만 이걸 챙겨 다오."

"와박사님은 어떻게 하시려고요?"

"나는 이제 늙고 힘이 없어서 멀리 갈 수 없단다. 성으로 들어가서 운명을 같이할 것이다."

재령은 참았던 눈물을 쏟았다.

그때 욱리하 쪽에서 천둥처럼 요란한 함성이 들렸다. 그쪽으로 고개를 돌리자 욱리하를 건너오는 불빛들이 보였다. 그 광경을 보고 승태 박사가 한숨을 내쉬었다.

"뗏목이로구나."

"뗏목을 타고 건너오는 건가요?"

"그래야 한꺼번에 많은 병력이 넘어올 수 있지. 그러고는 바로 성을 포위할 거다."

승태 박사는 착잡한 표정으로 와범이 담긴 가죽 보따리를 건넸다.

"위와 아래를 끈으로 연결했으니 이걸 어깨에 둘러메라. 어서 서둘러!"

"네."

재령은 가죽 보따리를 어깨에 둘러메고 치준 아저씨가 나뭇잎에 싸 준 주먹밥 두 덩이와 대나무 물통을 건네받았다.

"가서 우리 식구들한테 나는 잘 있으니 걱정 말고, 부디 잘 지내라고 전해 다오. 부탁한다."

"네, 아저씨."

나갑 아저씨는 사람들에게 걷은 짚신 여러 켤레를 건넸다.

"준비됐으면 어서 떠나라."

나갑 아저씨가 재령의 어깨를 두드렸다.

재령은 승태 박사가 건넨 보따리를 추스른 뒤 짚신을 챙겨 남쪽으로 움직였다. 조금 걷다가 뒤돌아보니 성으로 들어가는 사람들 모습이 눈에 들어왔다. 어쩌면 이게 마지막일지도 모른다는 생각이 들어 가만히 바라보는데, 맨 끝에서 들어가던 나갑 아저씨가 돌아서서 손을 흔들어 줬다. 재령은 마음을 단단히 먹고 남쪽으로 발걸음을 돌렸다.

위례성과 마주 보고 있는 또 다른 토성이 보였다. 위례성보다는 작고 언덕 위에 자리 잡은 그 토성은 유사시에 군대와 백성들이 피란을 떠나는 곳이었다. 성벽 위에 띄엄띄엄 세워진 망루에서는 창과 활을 든 병사들이 욱리하 쪽을 노려보고 있었다. 활짝 열린 성문으로 피란하는 백성들과 병사들이 속속 들어가고 있었다. 성문을 지키던 병사 한 명이 바쁘게 걷는 재령을 피란민이라고 생각했는지 들어오라는 시늉을 했다. 재령은 괜찮다고 손짓하고는 가던 길을 부지런히 걸었다.

두 토성 사이의 넓은 땅 곳곳에는 백성들이 사는 초가집이 흩어져 있었다. 대부분 짚으로 엮어 돌로 눌러 놓은 지붕이 거의 땅에 닿을 정도로 나지막했다. 사람이 허리를 굽혀야 드나들 수 있는 작은 출입구에서 아이들이 나오고, 그 뒤로 부모인 듯한 어른들이 따라 나왔다.

남자는 어망추와 삽 같은 도구들을 가지고 나와 지게에 올렸다. 그러고는 아내인 듯한 사람이 들고 나온 옷가지며 나무 도마 따위를 보고 잔소리를 했다.

"먹을 것부터 챙기라고 하지 않았소. 가서 애들 굶길 생각이오?"

여자는 경황 없는 얼굴로 집 옆에 있는 구덩이로 내려갔다. 땅을 파고 그 위에 짚을 얹은 구덩이 안에는 곡식이며 다른 먹을거리를 보관하는 항아리가 있었다. 재령보다 훨씬 어려 보이는 아이들은 난리가 난 줄도 모르고 철없이 장난치며 웃고 있었다.

잠시 지켜보다가 재령은 계속 남쪽으로 걸었다.

"적어도 이틀은 걸릴 텐데."

올 때는 나갑 아저씨를 비롯한 어른들과 함께 온 덕분에 힘든 줄을 몰랐다. 그러나 지금 같은 밤중에 혼자 움직이는 건 재령에게 쉬운 일이 아니었다. 그래도 한시바삐 마을에 소식을 전해야 하고, 승태 박사 말마따나 기와 만드는 기술이 사라지게 해서는 안 된다는 생각에 힘을 내서 걸었다.

더 남쪽으로 내려가자 야트막한 언덕이 나왔다. 고향에 있는 빗점산에 견주면 한참 낮았지만, 주변에 높은 산이 없어서 아래를 내려다보기에는 딱 좋았다.

재령은 언덕 꼭대기 근처의 바위에 걸터앉아 잠시 쉬기로 했다. 대나무 물통에 담긴 물을 마시며 북쪽을 바라봤다. 해는 떨어진 지 이미 오래됐지만 위례성은 안팎으로 불이 환하게 밝혀져서 쉽게 분간할 수 있었다.

"맙소사!"

고구려군은 욱리하를 건너 진작에 위례성 주변을 겹겹이 둘러싼 것 같았다. 긴 띠처럼 이어진 불빛들이 위례성을 당장이라도 집어삼킬 듯이 일렁였다. 그 뒤로도 더 많은 불빛이 욱리하를 건너는 중이었다. 아차산은 아예 불빛에 뒤덮인 것처럼 보였다.

"어마어마하구나!"

위례성의 성벽 위에서 불꽃들이 날아가 고구려군의 불빛 위로 떨어졌다. 불화살을 쏘는 것 같았는데, 그 수가 터무니없이 적었다.

"큰일 났네!"

무엇보다 나갑 아저씨를 비롯해 위례성 안으로 들어간 사람들이 걱정되었다. 그렇게 눈을 떼지 못하고 있을 때, 지게를 짊어지고 허겁지겁 고갯길을 넘어가는 부부와 아이들이 보였다. 아이들 손을 잡은 아저씨가 바위에 걸터앉아 있는 재령을 힐끔 바라봤다. 그러고는 곧장 고갯길을 넘어 남쪽으로 사라졌다. 서두르라는 아저씨의 외침에 다리 아프다고 칭얼대는 아이들의 말소리가 메아리처럼 이어졌다.

위례성 쪽에서 필사적으로 불화살을 날렸지만 고구려군의

불빛은 점점 빽빽이 위례성을 둘러쌌다. 불빛들이 어둠을 뚫고 성벽을 둘러싸는 모습에 재령은 소름이 돋았다. 그 와중에도 욱리하를 건너오는 불빛들이 끊임없이 이어지고 있었다. 양쪽이 내지른 함성이 뒤엉켜 들려왔다.

재령은 퍼뜩 정신을 차리고 서둘러 고갯길을 넘었다. 수많은 사람들이 위례성을 오가면서 만든 길이다. 재령도 이 길을 거쳐 위례성으로 갔었다.

재령은 언제쯤이면 아시촌에 닿을 수 있을지 머릿속으로 계산해 봤다.

"오늘 밤새 걷고 황령골쯤에서 잠시 쉬었다가 출발하면 내일 저녁 무렵에는 도착할 수 있겠지."

숨을 고르며 가고 있을 때, 어둠에 잠긴 앞쪽에서 비명 같은 소리가 들렸다. 재령은 냉큼 몸을 낮추고 근처에 있는 나무 아래에 숨었다. 눈이 어둠에 적응되자 조금 전에 재령을 앞질러 간 가족의 모습이 드러났다. 지게를 짊어지고 가던 아저씨는 쓰러져 있고, 부인과 아이들은 무릎을 꿇은 채 울며 애원하고 있었다. 그 앞으로 손에 몽둥이와 칼을 든 도적들이 보였다.

부인이 살려 달라고 애원하자 몽둥이를 든 도적이 말했다.

"가진 걸 몽땅 내놓으면 살려 주마. 그러지 않으면 너도 네 남편처럼 저승 구경 할 줄 알아! 애새끼들은 끌고 가서 팔아 버리면 되고."

도적의 협박에 부인은 가진 게 없다고 애원했다.

"워낙 급히 떠나오느라 챙겨 온 게 없습니다. 제발 살려 주세요."

"그럼 입고 있는 옷이라도 내놔라!"

도적들 중 우두머리로 보이는 자가 부인을 잡고 거칠게 흔들자 아이들이 자지러지게 울었다. 도적 우두머리는 아이들을 을러댔다.

"입 다물지 않으면 머리통을 부숴 버리겠다."

그러나 아이들은 입을 다물기는커녕 겁에 질려 더 크게 울었다. 우두머리가 몽둥이를 치켜들었다. 당장이라도 내리칠 것 같아서 재령이 크게 외쳤다.

"관군이다! 관군이 오고 있다!"

그러자 도적들이 술렁거리며 흩어졌다. 그 틈에 재령은 쓰러져 있는 아저씨 쪽으로 다가갔다. 다행히 아저씨는 죽은 게 아니라 머리에 몽둥이를 맞아 잠시 기절해 있었다.

재령은 부인과 함께 아저씨를 부축해서 일으켜 앉히고 말했다.

"관군이 오지 않는다는 사실을 눈치채면 도적들이 다시 올 거예요. 빨리 도망치세요."

"어디로 말이냐? 어디로?"

머리가 피범벅이 된 아저씨가 비통하게 외쳤다. 머리에 쓴 두건을 벗겨서 피가 흘러나오는 이마를 눌러 주며 재령이 말했다.

"가족을 생각하셔야지요. 그래서 피란을 떠난 거 아니셨나요? 힘드시겠지만 어서 움직이세요."

아저씨는 고개를 끄덕거리고 일어나 가족의 부축을 받으며 어둠 속으로 사라졌다.

재령은 한숨을 돌리고 다시 발걸음을 뗐다. 그러다가 뒤를 돌아봤다. 언덕에 가려서 보이지는 않았지만 불길이 치솟는 것은 알 수 있었다. 재령은 그 불길 속에 있을 나갑 아저씨와 장인 아저씨들이 걱정되었다. 그러나 지금 재령이 할 수 있는 일은 하루빨리 아시촌으로 가서 소식을 전하고 사람들을 대피시키는 것이었다.

짐을 짊어지고 걷다 보니 어깨가 아파서 재령은 점점 고개를 숙인 채 걷게 되었다. 자기를 돌아가신 아버지 대신 자식처럼 돌봐 준 아저씨들을 버리고 떠났다는 생각과 승태 박사가 말한 대로 수막새 제작 기법을 전수할 책임까지 지게 되었다는 생각에 머릿속이 복잡했다. 그러다 지쳐서 걸음이 느려질 무렵, 짚신의 뒤축 끈이 끊어져 버렸다.

"이런, 갈아 신어야겠네."

걸음을 멈추고 짚신을 갈아 신는데, 길 옆 덤불 너머로 조금 전까지는 알아채지 못한 모닥불이 보였다. 무심히 지나가려던 재령은 깜짝 놀랐다. 모닥불을 둘러싸고 앉은 사람들은 아까 피란하는 아저씨를 때려눕히고 그 가족을 협박하던 도적 무리였기 때문이다.

돌아가기에는 너무 늦은 탓에 재령은 모른 척 지나갔다. 도적들은 무슨 얘기를 그렇게 열심히 하는지 재령을 힐끔 보고도 관심을 두지 않는 눈치였다. 재령이 안도의 한숨을 내쉬며 그곳을 막 지나치려 할 때, 우두머리가 고개를 돌렸다.

"야, 꼬마야! 위례성에서 오는 길이냐?"

"네, 심부름 갔다가 집에 가는 길이에요."

"고구려군이 쳐들어왔다며?"

"그, 그런 거 같아요. 아차산에서 욱리하를 건너 쳐들어왔대요."

재령의 대답을 듣고 우두머리는 부하들과 소곤거리며 얘기를 나눴다. 재령은 그 틈에 후딱 지나가려고 했는데, 몇 걸음 가기도 전에 우두머리의 굵직한 목소리가 들렸다.

"잠깐만! 네 목소리 말이야. 아까 관군이 온다고 했던 그 목소리 같은데?"

재령은 손사래를 쳤다.

"네? 무슨 말씀이세요? 저는 그런 적 없어요."

그러나 우두머리는 벌떡 일어나서 옆에 있는 몽둥이를 들었다. 재령은 재빨리 바닥에서 돌을 주워 힘껏 던졌다.

"으악!"

날아간 돌이 모닥불에 명중하자 불티가 사방으로 날렸다. 불 가에 앉았던 도적들이 비명을 지르며 펄쩍 뛰었다. 연거푸 돌을 던진 뒤 재령은 잽싸게 숲속으로 도망쳤다. 뒤에서 저놈 잡으라는 우두머리의 목소리가 들렸다.

어두운 밤중이니 숲속으로 도망치면 괜찮을 줄 알았는데 생각지 못한 게 있었다. 가을이라 바닥에 떨어진 낙엽이 재령이 움직일 때마다 바스락 소리를 내는 것이었다. 그 소리를 듣고 도적들은 계속 재령의 뒤를 쫓아왔다.

"어떡해! 이러다 잡히겠어."

재령은 야트막한 언덕을 넘다가 나무 옆에 움푹 파인 구덩이를 발견했다. 재령은 그 속으로 미끄러져 들어간 뒤 주변의 낙엽을 긁어서 자기 몸 위에 덮었다. 잠시 후, 뒤따라온 도적들의 발소리와 거친 숨소리가 들렸다. 어디 갔느냐는 물음에 부하 한 명이 안 보인다고 대답하자 우두머리가 화를 냈다.

　"그놈이 날개가 달려서 날아갔겠느냐, 아니면 땅속으로 꺼졌겠느냐. 얼른 찾아라!"

　부하들이 흩어져서 찾는 동안 우두머리는 재령이 숨은 구덩이 근처까지 다가왔다. 재령은 숨도 크게 쉬지 못했다. 다행히 우두머리는 구덩이 옆 나무에 기대느라 아래쪽은 제대로 살피지 않았다.

　잠시 뒤, 부하들이 돌아와 흔적을 못 찾았다고 말하자 우두머리가 짜증을 냈다.

　"아무리 어둡다고 해도 그깟 꼬마 하나 못 찾다니!"

　그러자 부하가 조심스레 입을 열었다.

　"여기서 꼬마나 찾고 있을 때가 아니지 않습니까? 고구려군이 욱리하를 넘어왔다고는 하지만 백제군이 막아 내면 우리도 위험해집니다."

　"백제군은 고구려군을 막지 못할 거야."

우두머리가 단호하게 대답하자 부하가 그 이유를 물었다.

"왜냐고? 욱리하를 건넌 고구려군의 선봉에 백제군이 있을 테니까."

"백제군이 왜 고구려군의 선봉에 섭니까?"

"최전선을 지키던 백제 장수들이 고구려에 투항한 적이 있다고 했지? 고이만년과 재증걸루라는 장수들이야. 그들이 투항할 때 병사들이 잔뜩 따라갔지. 그 장수들이 선봉에 서서 내려오는데 누가 막을 수 있겠느냐? 샛길이며, 욱리하의 지류며, 위례성이 어디가 높고 어디가 낮은지 다 아는데 말이야. 이제 백제는 끝장이야. 그러니까 이럴 때 최대한 긁어모아 산속으로 튀어야 한다고."

"어떻게 그리 잘 아십니까?"

부하가 감탄하는 투로 묻자 우두머리가 서글픈 듯이 대꾸했다.

"내가 고이만년 장군 휘하에서 군관 노릇을 했으니까 잘 알지. 그때 나에게도 같이 넘어가자고 권유했는데, 식구들 생각에 차마 합류하지 못하고 돌아왔어. 그런데 내가 배신했다고 우리 가족을 전부 잡아다가 가야에 노예로 팔아 버렸더군."

안타깝다고 부하들이 한마디씩 하자, 두목은 재물을 모아
서 가야로 끌려간 가족을 찾는 게 자기 꿈이라고 얘기했다.
그러고는 화가 풀렸는지 한층 누그러진 목소리로 말했다.

"더는 시간을 지체할 수 없으니 돌아간다."

인기척이 사라진 뒤에도 한참 동안 숨어 있던 재령은 조심
조심 고개를 들었다. 아까보다 더 어두워져서 주변이 제대로
보이지 않았다. 재령은 주위를 찬찬히 살피며 구덩이를 나왔
다. 얼른 아시촌으로 가야겠다는 생각뿐이었다.

얼마나 걸었을까. 어둠이 차츰 사라지고 희붐한 새벽이 다
가오고 있었다. 재령의 지친 발걸음이 한층 무거워졌다. 재
령은 더 견디지 못하고 쓰러진 나무둥치에 주저앉았다. 그제
야 배가 고프다는 사실을 깨닫고 재령은 어제 치준 아저씨가
챙겨 준 주먹밥을 꺼냈다. 나뭇잎을 살살 벗겨 내고, 쌀과 보
리를 뭉친 주먹밥을 한 입 깨물었다. 그렇게 정신없는 와중
에 소금까지 쳤는지 간이 잘 맞았다. 다 먹고는 대나무 물통
의 물을 벌컥벌컥 마셨다.

오랜만에 한숨 돌리는데 어디서 말발굽 소리가 들렸다. 재
령은 본능적으로 나무 뒤에 몸을 숨겼다.

위례성 쪽에서 들려온 말발굽 소리의 주인은 전령이었다. 조끼 형태의 갑옷을 입고, 양쪽에 새의 깃털을 꽂은 검은색 변형모를 쓰고 있었다. 그대로 지나갈 줄 알았는데, 재령이 숨어 있는 나무둥치 바로 앞에서 말을 멈추고 주변을 두리번거리다 재령을 발견했다.

"꼬마야, 해치지 않을 테니 겁먹지 마라. 배가 하도 고파서 그러는데, 혹시 먹을 거 좀 없니?"

전령이 묻자 재령은 나뭇잎에 싼 나머지 주먹밥 한 덩이를 내밀었다.

"이거라도 괜찮다면 드세요."

전령은 바로 말에서 내려왔다. 그러고는 나무둥치에 걸터앉아 게 눈 감추듯 허겁지겁 주먹밥을 먹어 치웠다. 재령은 전령이 주먹밥을 다 먹기를 기다렸다가 물었다.

"위례성에서 오셨나요?"

"그래. 곰나루(충청남도 공주의 옛 이름)로 가서 원군을 데려오라는 명령을 받고 가는 길이다."

"건길지께서는 무사하신가요?"

"어라하 말이냐? 지금 남성에 계시다고 들었다. 원군이 갈 때까지 버티셔야 하는데 걱정이구나."

"거기에서 어떻게 나오셨어요?"

"남문으로 나왔지. 내가 나오자마자 고구려군이 성을 둘러 쌌더라. 조금만 늦었어도 나오지 못했을 거야."

"그곳 형편은 어떤가요?"

전령은 한숨을 푹 내쉬며 대답했다.

"안 좋아. 고구려군에게 완전히 포위당했는데, 고구려군 수가 너무 많았어."

"위례성은 얼마 전부터 공사를 해서 성벽도 높이고 목책 도 세웠잖아요."

"목책은 놈들이 도착하자마자 불태웠고, 성벽은 아무리 높 아도 사다리를 걸치고 올라오면 못 막아. 게다가 동서남북 사 방의 성문을 모두 막아 버리고 화공을 벌이고 있단다."

"화공이요?"

"그래, 불로 태워 버리는 공격법이지. 성문에 아직 쇠를 씌 우지 못했다는 사실을 알고 있는 게 분명해."

재령은 위례성이 위험하다는 전령의 말에 나갑 아저씨와 기와 장인 아저씨들 그리고 승태 박사가 걱정되었다.

전령은 일어나 다시 말에 올랐다. 그러고는 엉거주춤 일어 선 재령에게 물었다.

"너는 어디까지 가니?"

"아시촌이요."

"거기까지는 갈 수 없지만 조금 태워 줄 수는 있는데, 혹시 타고 갈래?"

"정말요? 고맙습니다!"

재령은 전령의 도움을 받아 낑낑대며 말에 올라탔다. 전령이 고삐를 잡고 말했다.

"내 허리를 단단히 잡아라."

"네."

전령이 발로 배를 차자 말이 길게 울고는 앞으로 달려 나갔다. 귓가에 씽씽대는 바람 소리가 들리고 주변 풍경이 휙휙 지나갔다. 재령은 두 눈을 질끈 감은 채 스쳐 지나가는 바람을 느꼈다.

전령은 조금만 태워 줄 수 있다고 하더니 아시촌이 있는 빗점산 어귀까지 데려다주었다. 전령이 고삐를 당겨 말을 멈추었다.

재령이 말에서 훌쩍 뛰어내리자 전령이 말했다.

"꼭 살아남거라."

"네, 그럴게요."

"어서 가 봐라."

전령은 재령에게 손을 흔들어 주고 다시 말을 몰았다.

재령은 전령이 사라질 때까지 지켜보다가 곧장 산길로 접어들었다. 낙엽이 쌓인 산길을 단숨에 올라가자 산 중턱에 아시촌이 보였다. 빗점산의 흙이 기와를 만들기에 적당해서 이곳에 자리 잡았다고 한다. 멀리 초가집 굴뚝에서 연기가 피어오르고 있었다. 그 모습을 보며 기운을 낸 재령은 드디어 아시촌에 도착했다.

재령은 마침 빨래를 널러 나온 나갑 아저씨 부인과 마주쳤다. 주황색 주름치마에 소매와 옷깃에 검은 천을 덧댄 저고리를 입은 나갑 아저씨 부인이 재령을 보고는 의아한 표정을 지었다.

"어머나, 재령이 아니니? 이게 웬일이야? 다음 달이나 되어야 돌아온다고 들었는데."

"큰일 났어요, 아주머니."

"무슨 큰일?"

"고구려군이 욱리하를 건너와서 위례성을 포위했어요."

"뭐라고? 그럼 우리 남편이랑 다른 사람들은?"

"전부 위례성으로 들어가고, 저만 소식을 전하러 왔어요."

나갑 아저씨 부인은 털썩 주저앉았다.

"아이고, 이를 어쩌나. 어쩌 불안불안하더라니."

재령은 나갑 아저씨 부인에게 말했다.

"지금 이럴 시간 없어요. 얼른 사람들을 동굴로 피신시켜야 해요."

"동굴로? 고구려 놈들이 몰려온대?"

"고구려군도 문제지만 도적 떼까지 출몰하고 있어요."

"그, 그렇구나. 내가 얼른 정신을 차려야겠다."

나갑 아저씨 부인이 정신을 가다듬는 모습을 보고 재령은 얼른 집으로 뛰어갔다. 어머니는 베틀에 앉아 베를 짜다가 싸리문으로 들어서는 재령을 보고 화들짝 놀랐다.

"재령아, 아무 기별도 없이 네가 웬일이냐? 무슨 일이라도 생겼니?"

"어머니, 동굴로 피해야 해요. 얼른 준비하세요. 고구려 놈들이 몰려왔어요."

어머니의 대답을 채 기다리지도 않고 재령은 기와 작업장 쪽으로 달려갔다. 기와 만들던 어른들은 모두 위례성으로 가서 재령 또래의 아이들만 남아 있었다.

모여서 진흙을 밟고 있던 아이들에게 재령은 고구려군이 쳐들어왔다는 소식부터 전하고는 말했다.

"우선 기와 만드는 도구부터 챙겨."

"왜?"

"그래야 기와를 만들 수 있잖아. 이제 위례성 근처에서 기와를 만들 수 있는 사람은 우리만 남았을 수도 있어."

자세한 내막은 몰라도 아이들은 고개를 끄덕이며 서둘러 도구들부터 챙겼다.

재령은 고개를 돌려 위례성 쪽을 바라보았다. 비록 거리가 멀어 아무것도 보이지 않지만 백제군과 고구려군 사이의 치열한 싸움이 절로 그려졌다. 그리고 그 싸움에 휩쓸렸을 나갑 아저씨와 기와 장인 아저씨들의 고통스러운 모습이 떠올랐다.

마지막으로, 승태 박사가 들려준 말이 떠올랐다.

"검소하지만 누추하지 않고, 화려하지만 사치스럽지 않다."

다 챙겼다는 아이들의 말에 재령은 자신의 싸움은 이제부터라고 되뇌면서 우렁찬 목소리로 말했다.

"가자!"

사리 장엄구의
갈색 유리병

◆ 김하은 ◆

공방 거시기들

가랑은 공방에서 허드렛일을 하는 동자들 중 하나였다. 옥 공방을 제외한 다른 공방에는 동자들이 있었다. 목이는 목공 방에서, 산이는 석공방에서, 동아는 금동 공방에서, 가랑은 유리 공방에서 일했다. 다른 동자들과 마찬가지로 가랑도 허 드렛일과 잔심부름을 하면서 공방 장인들과 박사가 하는 일 을 어깨너머로 배웠다. 동자들이 하는 가장 중요한 일은 바로 각 공방에 있는 불씨를 꺼뜨리지 않는 것이었다.

가랑과 목이는 공방에서 먹고 잤다. 그러니까 공방이 곧

집인 동자였다. 게다가 두 공방이 가까이 있어서 가랑은 목이와 친남매처럼 가깝게 지냈다.

"잘 지냈나, 거시기?"

"거시기도 잘 지냈나? 거, 같은 거시기끼리 깔보면 거시기하지!"

목이가 가랑 말에 맞장구쳤다. 둘은 서로를 바라보며 낄낄 웃었다.

가랑 말대로 공방에서 일하는 어른들은 동자들의 이름을 제대로 부르지 않았다. "어이, 거시기!"라거나 또는 "거시기야, 저기 선반에서 거시기 좀 가져와라." 이렇게 말하면 눈치껏 장비를 챙겨야 했다.

가랑은 부모를 잃고 엿새를 굶다가 유리 박사인 흑치중철을 만났다. 흑치 박사는 가랑의 아버지가 일하던 유리 공방을 이끌고 있었다. 그는 가랑에게 유리 공방에서 일하면 입에 풀칠은 할 수 있으리라고 제안했다. 엿새를 굶은 가랑은 입에 풀칠할 수 있다는 말에 혹해서 그 제안을 덥석 받아들였다. 하지만 그 일은 말처럼 쉽지 않았다.

왕과 왕비가 금마저(지금의 전라북도 익산)로 자주 내려왔고, 귀족들은 두 사람의 장신구와 차림새를 따라 했다. 금목걸이나 금팔찌는 귀했기 때문에 그보다는 값이 덜 나가는 유리구슬 목걸이가 크게 인기를 끌었다. 유리구슬이라 해도 공방의 장인들이 만드는 것이라 배를 곯는 사람들이 갖기에는 턱없이 비쌌다.

귀족들이 구슬 목걸이를 많이 찾아서 유리 공방도 바빴다. 장인 사옥동은 주문이 들어오는 대로 다 받았다. 어떤 주문은 흑치 박사 모르게 받아서 뒷돈을 챙겼다. 그런 주문에는 가랑만 데리고 일했다. 유리 공방에서 일할 사람이 하필 여자아이냐며 흑치 박사에게 대들었던 일은 잊은 척했다. 가랑은 눈치를 보며 이 일 저 일 시키는 대로 했다. 흑치 박사 말마따나 입에 풀칠은 할 수 있었지만, 사람은 밥만 먹고 사는 게 아니었다.

"하루라도 마음 편히 쉬었으면 좋겠다."

새벽부터 해가 떨어질 때까지 공방에서 일하느라 옷이 금방 해졌다. 청올치로 만든 옷은 거칠고 성글어서 몇 달을 버티지 못했다. 며칠 동안 일이 밀려서 꿰매지 못했더니 밑단에 난 구멍이 점점 커지고 있었다.

"내 말이! 그나저나 너 이젠 거푸집에서 구슬을 뗀다며?"

"그러는 너는 톱질을 시작했다며?"

"갈 길이 멀다!"

"내 말이!"

둘은 서로가 하는 말을 따라 하며 키득거렸다.

목이는 가랑의 바구니에 잔가지와 낙엽을 더 수북이 챙겨 넣었다.

"더 가져가. 유리 공방에는 불을 조절할 일이 많잖아."

가랑은 목이의 바구니에 검불을 더 넣었다.

"너야말로 이걸 꼭 빼더라."

둘은 사이좋은 남매처럼 나란히 걸었다.

"참, 아목수께서 마를 주셨어. 같이 먹자."

목이가 바구니 옆에 따로 묶은 보자기에서 마를 꺼냈다. 목이가 도끼로 반을 자르고, 가랑이 낫으로 껍질을 벗겼다.

"맛이 좋네. 아목수님께 감사해야겠다."

"가랑, 너 알아? 왕께서 어릴 때 마를 파셨대. 그래서 맛동 (서동이라고도 한다)이라고 불렸다던데."

"응, 들었어. 그럼 우리는 왕께서 팔던 음식을 먹고 있다는 말이잖아. 허기를 채우려고 먹는 마가 왕께서 팔던 음식이라 니 믿기지 않아."

"하긴 나도 그래."

"그런 일이 진짜 일어날 수 있을까? 하찮고 보잘것없는 나 같은 사람도 귀하게 될 수 있을까?"

가랑이 중얼거렸다. 그러자 마를 베어 먹던 목이가 되물었다.

"그게 무슨 말이야?"

"부모를 잃고, 이름 대신 거시기로 불리고, 거친 옷에 끼니를 챙길 틈조차 없이 바쁘잖아. 그런 내가 귀한 사람이 될 수 있을까?"

가랑이 힘없는 목소리로 읊조리자 목이가 피식 웃었다.

"그런 말을 할 겨를이 있다니, 덜 바쁜 모양이구나. 나는 눈 뜨면 태산처럼 밀려 있는 일 하기가 바쁜데."

가랑도 목이처럼 바빴다. 허드렛일을 하는 틈틈이 공방 일도 익혀야 했다. 바쁘지 않아서가 아니라 바쁜데도 자신이 하는 일은 쓸모없는 듯이 느껴졌다. 조금만 손을 잘못 놀려도 혼쭐이 났고, 유리 녹이는 장작불을 잘못 때거나 불티가 유리물에 들어가면 공방이 발칵 뒤집혔다. 배울 것은 많았지만 배우는 시간보다 혼나는 시간이 더 많았다.

목이는 목공방으로, 가랑은 유리 공방으로 돌아갔다.

"왜 이리 꾸물거리는 게냐? 유리물을 끓이지도 못할 뻔했

잖아!"

옥동이 버럭 화를 냈다.

"죄송합니다."

"그리고 이게 뭐냐? 이건 재가 많이 날려서 안 된다고 몇 번을 말했어? 당장 더 좋은 걸로 가져와!"

옥동은 가랑이 들고 온 바구니를 휙 엎었다. 아침나절에 구해 온 잔가지와 낙엽이 바닥으로 와르르 쏟아졌다. 옥동이 지적하고 쏟아 낸 것은 목이가 더 넣어 준 낙엽이었다. 목공방에서 군불로 쓰는 데는 문제가 없겠지만, 유리 공방에서는 달랐다. 곧 밥때가 다가오는데, 지금 잔가지를 구하러 나가면 밥을 굶어야 한다. 가랑은 입술을 꾹 깨물고 바구니를 다시 들었다. 눈물이 고여 앞이 뿌옇게 보였다.

미륵삼존을 만난 가랑

가랑은 용화산 아래 큰 못가에서 잔가지를 다시 모았다. 그때 말발굽 소리와 수레바퀴 소리가 멀리서 들렸다. 가랑은 수레가 오기 전에 일을 끝내려고 서둘렀다. 그런데 하필 치맛자락에 난 구멍이 가시덤불에 걸렸다. 이대로 가만있다간 수레에 치일 수 있다. 마음이 급해 몸을 굽히고 덤불에서 치마를 빼내려 했다. 하지만 가시는 잘 빠지지 않았고 수레바퀴 소리는 점점 더 가까워졌다. 가랑은 가시에 손을 찔리면서 치마를 빼내려고 허둥댔다.

갑자기 눈앞이 환하게 밝아졌다. 큰 못에서 빛이 폭발하듯 쏟아졌다. 가랑은 허리를 숙인 채 빛을 바라보았다. 그러고는 너무 놀라 털썩 주저앉았다.

빛은 못 한가운데에서 일어나 못 전체를 물들였다. 물빛은 환한 빛을 받아 유리구슬보다 백 배, 아니 천 배나 밝게 빛났다. 그리고 못 한가운데서 미륵삼존이 솟아올랐다. 가랑은 미륵불 셋과 눈이 마주쳤다. 미륵불의 눈빛은 가랑의 마음을 흔들었다.

"엄마, 아빠……."

돌아가신 엄마와 아빠가 그 눈빛에 녹아 있었다. 가랑비가 내릴 때 가랑을 낳은 엄마는 장대비가 쏟아질 때 세상을 떠났고, 공방에서 일하던 아빠는 신라와 벌인 전쟁에 동원되었다가 목숨을 잃었다. 가랑은 눈물을 흘리며 합장했다. 조금 전까지 투덜거렸던 일은 모두 잊었다. 지금 이곳에는 오로지 미륵삼존과 가랑만 있는 것 같았다. 난생처음으로 어쩌면 자신도 귀한 사람일 수 있겠구나 하는 생각이 들어 가슴

이 벅차올랐다.

미륵삼존이 서서히 사라진 뒤, 가랑은 멈춰 선 수레를 발견했다. 수레에서 내린 두 사람이 못을 향해 합장을 하고 있었다. 남자는 화려한 자주색 비단옷에 흰색 가죽띠, 검은 가죽신을 신고 관모에 금으로 만든 머리꽂이를 했다. 여자는 비단옷을 입고 역시 관모에 금 머리꽂이를 했으며 용 조각 팔찌를 끼고 있었다. 두 사람 모두 유리구슬 목걸이를 했는데, 여자는 거기에 금제 9절 목걸이를 겹쳐서 했다.

"맙소사!"

가랑이 얼어붙었다. 수레에서 내린 두 사람은 왕과 왕비였다. 목이와 이야기했던 마를 캐던 서동, 바로 그 왕이 눈앞에 서 있었다. 수레의 방향으로 미루어 사자사로 가는 길인 듯했다.

왕이 얼어붙은 듯 가만히 있는 가랑에게 다가왔다.

"너도 미륵삼존을 뵈었느냐?"

"예."

가랑은 떨리는 목소리를 진정하느라 애썼다. 가랑이 지금까지 만난 사람 가운데 가장 높은 신분이었다.

왕비가 왕에게 말했다.

"이곳에 큰 절을 지어 주십시오. 제 소원입니다."

"그렇게 하리다."

왕이 대답했다.

가랑은 두 사람 옆에 있는 지명 법사를 알아보았다. 왕은 지명 법사에게 이 못에 나타난 미륵삼존을 모시는 특별한 절을 짓고 싶다고 했다. 그렇게 한참 이야기하던 왕이 허리를 부여잡았다. 그러자 왕비가 왕을 부축하여 다시 수레에 올라탔다.

가랑은 왕의 행차가 멀어질 때까지 지켜보았다. 그러고는 잔가지를 모은 바구니를 챙겼다. 치맛자락을 갈고리처럼 잡았던 가시덤불은 잠깐 사이에 시들었고, 가시에 찔려 흐르던 피도 멎었다. 가랑은 이 놀라운 광경을 이야기하려고 공방이 있는 왕궁으로 뛰었다.

장인 옥동은 입을 딱 벌리고 가랑이 묘사하는 이야기를 들었다.

"저, 정말 미륵삼존을 뵈었다고? 게다가 폐하와 왕비님까지 같이?"

"그렇다니까요. 박사님이 만든 유리구슬 목걸이를 하셨더

라고요. 금동 공방에서 왕비님께 드리려고 만든 9절 목걸이
도 하고 계셨어요."

"네까짓 녀석이 미륵불을 보았을 리 없지. 나 같은 기술자
라면 모를까, 어찌 허드렛일을 하는 너 따위에게 미륵불이 나
타나셨겠느냐. 폐하께 나타났는데 너는 우연히 얻어걸려서
봤을 뿐이야. 고작 너 같은 애가 미륵삼존을 직접 봤다니! 나
는 인정할 수 없다."

"정말 봤다니까요!"

가랑이 하는 말을 유심히 듣던 흑치 박사가 말했다.

"용화산 아래 못에 절을 짓는다……. 게다가 미륵삼존이니
공사가 크겠구나."

"예?"

"이 녀석아, 아무래도 일이 더 많아질 모양이다."

그날 가랑은 온종일 공방 밖으로 다녔다. 옥동이 주문받은
물건들을 배달하고, 유리구슬을 만들 모래를 받으러 갔다.
발바닥이 화끈거릴 정도로 돌아다닌 뒤에야 겨우 공방으로
들어왔다. 가랑이 거푸집에서 식은 유리구슬을 떼어 내려는
데, 옥동이 가랑의 손을 탁 쳤다.

"아서라, 미륵삼존을 본 귀하신 몸이 구슬에 손을 대면 안

되지."

가랑은 한숨을 내쉬었다. 동시에 못에서 본 광경이 눈앞에 어른거렸다.

"왜 내가 봤을까?"

공방에서 허드렛일을 하는 사람은 가랑뿐만 아니라 산이와 목이, 동아도 있었다. 그런데 왜 그때 그 순간에 가랑이 그곳에 있었는지 알다가도 모를 일이었다.

빛처럼 밝은 유리

사흘 뒤, 지명 법사가 박사들을 불러 모았다. 옥동은 녹은 유리를 거푸집에 부은 뒤 가랑에게 잘 살펴보라 이르고 다른 작업을 받으러 대덕 어르신 집으로 갔다. 가랑은 거푸집에서 유리가 모양을 잘 잡도록 지켜보았다. 가운데 구멍이 제대로 뚫리지 않은 곳에는 동못을 찔렀고, 기포가 생긴 곳도 손을 보았다. 전에는 이 일이 귀찮고 짜증 나기만 했다. 그저 밥벌이에 지나지 않았다. 그런데 식으면서 굳어 가는 유리 반죽에 미륵불에서 쏟아지던 빛이 겹쳤다.

유리가 달리 보이다니, 낯설었다. 가랑에게 유리는 단순한 물건이었다. 그러나 지금은 유리에 빛이 보이고, 그 빛에 미

륵과 미륵의 미소가 어리비쳤다.

지명 법사는 공방의 박사들을 모아 놓고 용화산 아래에 나타난 미륵삼존을 기리기 위해 큰 절을 짓기로 했다는 왕의 명령을 전했다. 박사들은 오랫동안 회의를 했다. 보살의 몸으로 살다가 미래에 중생을 구제한다는 부처인 미륵불이 나타난 것도 놀라운데, 그 미륵삼존을 왕과 왕비가 직접 보았다는 것은 더욱 경이로운 일이었다. 백제로서는 크나큰 경사였다. 특히 신라와 잦은 전쟁을 벌이느라 지친 백성들에게 미륵불의 의미는 더 컸다.

"미륵삼존이 나타난 곳에 지을 절이니 탑 또한 미륵삼존을 제일 잘 나타낼 모양으로 만들어야겠지요?"

"물론입니다. 그런데……."

"흑치 박사의 생각은 다르시오?"

"유리 공방에 미륵삼존을 뵌 아이가 있습니다. 그 아이가 본 것을 모두 들어 보면 어떨까요?"

"좋은 생각입니다."

박사들은 가랑이 미륵불을 보았다는 이야기를 벌써 들었지만, 더 자세히 듣고 싶었다.

박사들 앞에 선 가랑은 치맛자락에 난 구멍을 보며 그때 일을 이야기했다. 잔가지를 긁어모으고 있는데, 못 한가운데서 빛이 쏟아졌다고, 미륵삼존이 나타났다고 했다. 거기까지는 공방에 있는 모든 사람들이 아는 이야기였다.

이야기를 듣고 흑치 박사가 이렇게 물었다.

"세 분을 뵌 느낌이 어땠느냐?"

가랑은 손가락을 배배 꼬았다. 박사들 앞에서 자기 생각을 털어놓는 게 부끄러웠다. 자신은 박사들처럼 글을 많이 읽지도 않았고, 조리 있게 말할 자신도 없었다. 그러나 지금 가랑의 마음을 가득 채운 그 빛에 관해서는 털어놓고 싶었다.

"빛 그 자체였습니다. 온전히 빛으로 가득했고요. 특히 미륵불이 제게 미소를 보냈을 때는 그 미소에 녹아들고 싶었습니다. 세상을 떠난 제 어버이가 다시 온 듯했습니다."

가랑이 어렵게 말을 끝냈고 박사들은 입을 다물었다.

한참 만에 금동 공방 박사가 침묵을 깼다. 금동 공방 박사는 귀한 재료를 쓰는 금동 공방을 자랑스럽게 여기는 사람이었다.

"그럼 금붙이보다 빛나더냐?"

"금도 귀하지만, 금보다 더 빛났습니다."

"금보다 빛났다고! 저런, 우리가 그걸 어떻게 만들지?"

"그건 잘 모르겠습니다만, 제 눈앞에 쏟아졌던 그 빛은 세상에서 본 어떤 빛보다 밝았습니다. 만약 한밤중에 그 빛이 쏟아졌다면, 아마 이 왕궁 전체를 환하게 비췄을 겁니다."

가랑은 입을 다물었다. 자기가 겪은 일을 말로 표현하기에는 부족했다. 더 멋진 말을 찾고 싶었다.

흑치 박사가 가랑에게 먼저 돌아가라고 일렀다.

한참 뒤에 유리 공방으로 돌아온 박사는 공방에서 일하는 장인들을 전부 불러 모았다.

"용화산 아래에 미륵삼존을 모실 큰 절을 짓기로 했다. 특별히 미륵삼존을 기리는 탑 세 개와 금당 세 개를 갖출 것이다. 그리고 유리 공방에서는……."

모든 장인들이 흑치 박사의 입을 지켜보았다.

"사리를 모실 장엄구에 들어갈 유리구슬을 만들 것이다."

가랑은 뛰는 가슴을 두 손으로 꼭 눌렀다. 자신에게 나타났던 미륵삼존을 기리는 절을 지을 것이고, 그곳에 세울 탑 안에 이 공방에서 만든 유리구슬이 들어갈 것이다.

벅찬 마음으로 흑치 박사의 말을 듣던 가랑에게 옥동이 다가왔다.

"가랑, 가서 잔가지를 더 모아 오너라."

"아직 박사님 말씀이 끝나지 않았는데요. 더 듣고 다녀올 게요."

"지금 가라. 우린 한시가 급하다."

옥동이 가랑의 등을 떠밀었다. 옥동이 가랑을 함부로 대하는 건 하루 이틀 일이 아니었다. 그러나 평소 같으면 가랑도 가만히 있었을 테지만, 오늘은 달랐다.

"다 듣고 가겠습니다."

"뭐라고?"

"저도 이 공방에서 일하는 사람입니다. 그러니 박사님이 하시는 말씀을 다 들을 자격이 있습니다. 무슨 일을 하는지 알아야 저도 성심성의껏 거들지 않겠습니까?"

"거시기 따위가 들어 봤자 알아먹기나 하고? 잔말 말고 갔다 와."

"……."

가랑은 버텼다. 옥동은 얼굴을 붉히며 공방에 말귀를 잘 알아듣는 사내아이를 쓰지 않았더니 귀한 일을 앞두고 기어이 사달이 났다며 목소리를 높였다. 가랑은 마음속으로 '나무아미타불'을 외며 묵묵히 옥동의 말을 견뎠다.

흑치 박사는 옥동과 가랑의 소란을 그냥 두지 않았다.

"웬 소란인가? 두 사람 다 앞으로 나오시오."

가랑은 입술을 질끈 깨물었고, 옥동은 주먹을 불끈 쥐었다. 옥동은 흑치 박사에게 가랑이 해야 할 일을 미루기 때문에 야단을 쳤다고 큰 목소리로 말했다. 가랑은 울먹이며 한마디만 했다. 자기는 미룬 것이 아니라 흑치 박사가 하는 말을 다 듣고 움직이겠다고 했을 뿐이라고. 흑치 박사는 두 사람이 하는 말을 가만히 듣고 나서 이맛살을 찌푸렸다.

"자네도 알다시피 가랑은 미륵삼존을 직접 본 아이일세. 그런 아이가 자신이 도울 일을 알고 싶은 건 당연하지. 가랑, 너도 공방에서 해야 할 일이 얼마나 큰 규모일지 짐작할 테니 더는 소란이 일지 않게 조심해야 한다."

가랑은 고개를 끄덕였고, 옥동은 입술을 삐죽였다.

"그리고 가랑은 내 옆에서 반죽 늘이기를 도와다오."

가랑이 눈을 번쩍 떴다. 옥동이 크게 반발했다.

"그런 일이라면 제게 맡기셔야죠! 거시기한테 그런 일을 맡기시다니요!"

"지명 법사가 결정했고, 내가 찬성했네."

"아니, 공방에서 일어나는 일을 지명 법사가 어찌 알고 감 놓아라 대추 놓아라 한단 말입니까?"

"내가 찬성했다고 하지 않았나? 이제 이 이야기는 그만하세. 할 일이 태산이니."

공방에서 만드는 유리는 색과 종류가 다양했다. 유리를 만드는 모래에 다른 재료들을 섞어 색을 낸 다음, 장작을 넣고 센불에서 녹였다. 뜨거운 열에 녹은 유리 반죽은 물처럼 흘러내렸다. 그 반죽을 거푸집에 붓거나 감거나 늘여서 모양을 만들었다. 거푸집을 어떤 모양으로 만드느냐에 따라 식은 뒤에 완성되는 유리 모양도 달랐다. 그 과정에서 반죽을 늘이는 방식은 고급 기술이었다.

"참말이세요?"

"참말이지. 그러니 매 순간 정성을 다해 내 일을 도와야 한다. 다른 이들에게도 이야기했다."

가랑은 기분이 날아갈 듯했다. 용화산 꼭대기에 올라 아래를 내려다보는 기분이었다.

"잘 알겠습니다. 최선을 다하겠습니다."

그때부터 유리 공방에서는 다른 주문을 거의 받지 않았다. 대신 탑에 들어갈 유리구슬들을 어떻게 만들 것인지 토론하느라 바빴다.

"투명하고 선명한 빛깔을 내는 유리구슬을 잔뜩 만들어야지요.”

“그러기보다 큰 구슬을 만들어서 세상을 다 비출 수 있게 해야지.”

“이럴 게 아니라, 색을 더 다양하게 쓰면 어떨까요?”

“그동안 만들었던 구슬들을 점검해 보는 게 우선입니다.”

많은 이야기가 오간 뒤 장인들이 하는 말은 모두 한 방향으로 모였다. 어느 누구도 뛰어넘을 수 없는 구슬을 만들 것이라며 으스댔다. 계획을 세우는 단계에서도 서로 자기 실력을 뽐낼 생각에 들떠 있었다.

가랑은 박사가 반죽 늘이는 일을 도왔다. 막대를 대고 녹은 유리물을 감거나 늘여서 모양을 만드는 일은 거푸집에서 유리구슬을 떼어 내는 일보다 신중히 해야 했다.

하루 일을 마무리하고 가랑은 공방을 청소했다. 식은 유리구슬을 한곳에 잘 모아 놓고, 재료들도 잘 갈무리했다.

마지막까지 남아 있던 흑치 박사가 가랑을 불렀다.

“가랑아, 이 일이 재미있느냐?”

“잘 모르겠습니다. 늘이는 작업이 아직 익숙지 않아서요.”

“그만하면 나를 잘 돕는 편이다. 그나저나 무슨 고민이 있

는 듯하던데, 내가 잘못 보았느냐?"

"……."

"가랑아, 우리는 지금 미륵불과 부처님 사리를 모실 작업을 하는 거란다. 네 마음에 불편함이 있다면 그 일이 온전히 되기는 힘들 게다. 그러니 말해 다오."

가랑은 망설였다. 그렇지만 흑치 박사가 가랑이 말하기를 기다려 주는 모습에 마음을 열었다.

"가랑비가 내릴 때 태어나서 가랑이라는 이름을 얻었지만, 이곳에 오면서 제 이름은 사라지고 거시기로 불렸습니다. 그런 거시기인 제가 감히 미륵삼존을 뵈었습니다. 왜 이 보잘 것없는 저였을까요? 제가 귀한 사람이 되고 싶다고 투덜대서 이런 일이 일어났을까요? 그리고 왜 지명 법사는 저를 박사님 옆에 두라고 하셨나요?"

망설이다 내뱉은 말들이 모래주머니에서 모래가 터져 나오듯 한꺼번에 와르르 쏟아졌다. 공방에서 거시기로 불리던 신세로서 할 말은 아니었다. 그러나 한번 터진 말은 주워 담을 수 없었다.

"어쩌면 네가 거시기였기 때문인지도 모르지."

"그게 무슨 말씀이세요?"

"마를 캐던 분이 왕이 되셨는데, 거시기가 미륵삼존을 보는 게 이상하니? 모든 사람은 그렇게 귀한 존재가 될 수 있다는 뜻이겠지."

"……."

"지명 법사가 너를 내 곁에 두라고 한 이유는 따로 있다."

"그게 무엇입니까?"

"네가 보았다는 빛, 그 빛을 유리로 어떻게 만들지를 고민해 보렴. 네 의견과 내 의견, 또 다른 장인들 의견을 모두 모아 볼 작정이다."

"거시기의 의견을 들으시겠다고요?"

"물론 너를 아직 거시기라고 부르는 장인들이 있지. 하지만 뭐 어떠냐? 우리가 만들어 공양할 유리에는 네 이름뿐만 아니라 내 이름도 들어가지 않을 거야. 하지만 우리가 죽은 뒤에도 그 유리는 남아 있을 테지. 그만큼 귀한 일이 있겠느냐?"

가랑은 고개를 끄덕였다. 자기가 하는 일의 무게가 조금씩 실감이 났다.

"열심히 생각해 보겠습니다."

"그래. 그럼 내일 보자꾸나."

박사가 돌아간 뒤에 혼자 남은 가랑은 유리구슬을 집어 들었다. 장작불에 비춰 본 유리구슬은 비췻빛을 띠고 있었다. 그러나 옥공방에서 만드는 옥반지보다 투명했고, 빛을 반사해서 반짝거렸다.

"이런 빛은 아니었는데……."

금보다 빛나고 햇살보다 환하던 그 빛을 유리로 어떻게 만들 것인지 해답을 얻고 싶었다.

"나무아미타불."

가랑이 아는 염불은 이 한마디밖에 없었다. 하지만 그 한마디라도 간절히 외어 마음이 부처에게 가닿기를 바랐다.

"제발 알려 주세요, 나무아미타불."

답은 어디에서도 오지 않았다. 사방이 고요했다.

갈색 유리병

가랑은 공방 일에 열심히 매달렸다. 그렇지만 답을 찾기에는 역부족이었다. 투명하고 영롱한 구슬을 크기별로 늘어놓아도 보고, 구슬들을 쌓아도 보고, 유난히 크게 만든 구슬을 들어 보기도 했다. 이런저런 방법을 다 써서 햇빛에 비춰 보고 장작불에 비춰 봐도 그 빛은 아니었다. 어림도 없었다.

절을 짓기 위해 벌써 못을 메우고 있었다. 더구나 흑치 박사가 준 기한은 오늘 저녁이었다. 그때까지 답을 찾지 못하면 가랑이 공양에서 할 역할은 줄어들 것이다. 아직 답을 찾지 못해 가랑은 입이 바짝 타들어 갔다.

우물가에서 목이를 만났다.

"우리는 가운데 탑을 짓기로 했어."

"가운데 탑?"

"응. 미륵삼존을 모실 테니까 가운데에는 목탑을 세우고 양옆으로 석탑을 세운대. 그리고 탑 뒤에 금당을 따로 짓기로 해서 좀 바빠. 금당도 지어야지, 목탑도 세워야지, 얼마나 바쁘겠냐. 백제에서 한다 하는 목공 장인들이 다 오기로 했다던데."

"그럼 사리는 언제쯤 모신대?"

"석탑 기단부에 넣을 테니, 아마 못을 다 메우자마자 모시지 않을까? 우리 공방은 곧 현장으로 옮길 거야. 오늘은 빠진 장비를 챙기러 왔어. 다른 공방 거시기들도 바쁘더라. 참, 동아 말로는 사리를 금으로 만든 함에 넣는다던데, 그래서 어떻게 만들지 궁리하느라 바쁘대. 사리함이 들어갈 크기를 물어보더라고."

"그렇구나."

목이가 떠난 뒤 가랑은 공방으로 돌아왔다. 다른 이들은 모두 바삐 움직이는데, 자기는 아무 생각 없이 움직이는 것 같아서 마음이 무거웠다.

그때 가랑비가 내렸다.

"엄마가 보내셨나?"

빗방울이 지붕과 나뭇잎에 토독토독 소리를 내며 떨어졌다. 가랑비가 내린 흔적이 흙바닥에 점점이 박혔다. 가랑은 쪼그려 앉아 바닥에 찍힌 무늬를 살폈다. 갑자기 번쩍, 번개가 쳤다. 강렬한 번갯불에 풀잎과 돌, 흙에 떨어진 빗방울이 잔잔하게 반짝거렸다. 은은하지만 반짝임이 오래가는 빛이었다.

"이거다! 이거야!"

가랑은 벌떡 일어났다.

그날 저녁, 흑치 박사는 유리 공방 장인들과 일꾼들을 불러 모았다. 다들 유리를 어떻게 쓸 것인지 의견을 내놓는 자리였다.

옥동이 먼저 입을 열었다.

"금동 공방에서 사리 장엄구를 만든다니, 우리는 그 사리 장엄구를 채울 구슬을 만들기로 했습니다. 오색찬란한 구슬들은 만들어 봤지만, 더 투명하고 더 영롱한 구슬을 만들 수 있게끔 애쓰면 좋겠습니다."

옥동이 낸 의견은 지금까지 유리 공방에서 많은 장인들이 하던 이야기였다. 그 의견을 옥동이 말하기로 장인들끼리 입을 맞춘 터였다.

흑치 박사는 고개를 끄덕였다. 그러고는 목소리를 가다듬었다.

"흠, 그럼 다른 의견은 없고?"

가랑은 주춤거리며 팔을 반쯤 올렸다.

"말해 보아라, 가랑."

"귀한 사리를 모시는 사리 장엄구이니 금으로 모시는 게 맞겠지요. 그렇지만 제 생각은 다릅니다. 유리도 사리를 품을 수 있습니다. 금처럼 화려하진 않더라도 최선을 다해 만들면 미륵불이 만족하실 수 있을 듯합니다."

흑치 박사가 가랑 쪽으로 몸을 기울였다.

"어떻게 품는다는 말이냐?"

"유리병을 만들어서 금으로 만든 사리 장엄구 안에 넣는 겁니다. 미륵불은 다음 세상을 밝힐 귀한 존재이면서도 우리에게 가깝고 친근한 존재이시니, 모든 것을 품는 흙과 같은 색이면 좋겠습니다."

그러자 옥동이 가랑에게 다가왔다.

"금 사리 장엄구 안에 유리병을 넣는다? 그럼 우리 공방이 사리를 품는 셈이겠네!"

잔뜩 들뜬 옥동의 말에 가랑이 고개를 살짝 저었다.

"그럴 수도 있지만, 사리를 품는 건 모든 공방입니다. 유리병에 사리를 모시고, 그 유리병을 금함이 싸고, 그 금함을 탑의 기단이 보호하고, 그 위로 탑이 들어서고, 절이 지어지겠지요."

옥동은 깜짝 놀랐다. 지금까지 무시하고 천대했던 거시기 입에서 나온 말이 몹시 근사했다. 뿐만 아니라 가랑의 말 한마디로 사리를 둘러싼 절이 뚝딱뚝딱 벌써 세워진 것처럼 느껴졌다.

"흙과 같은 색이라면 갈색 유리병이 좋겠습니다. 박사님께서 맡으시면 좋겠습니다."

옥동이 고개를 숙였다.

가랑은 자기가 낸 의견을 옥동이 반박하지 않고 받아들여 깜짝 놀랐다.

"좋은 의견이다. 그리고 우리는, 사리 장엄구를 넣을 바닥에 유리를 깔 생각이다."

박사가 던진 말은 모두를 충격에 빠뜨렸다.

"유리를 깐다니, 흙바닥에 유리를 붓는단 말씀이신가요?"

"그러면 평평하지 않을 텐데요."

"반죽을 펼 수도 없고, 현장에서 도가니를 기울이면 유리물이 탑에 튈 수 있습니다. 그건 사리를 모실 탑에 대한 예의가 아닙니다."

장인들은 저마다 안 되는 이유를 들어 반대했다.

그러나 가랑은 생각이 달랐다. 만약 사리 장엄구를 넣을 바닥에 유리가 깔린다면, 가랑이 보았던 환한 빛을 탑이 품을 수 있을 것이다. 게다가 사리 장엄구를 돌이나 나무가 아니라 유리로 받친다면 멋진 탑이 완성될 것이다.

"모두 반대하는 게요?"

박사가 물었다.

"제 생각에는 괜찮을 것 같습니다."

가랑이 조그맣게 대답했다. 가랑이 괜찮을 듯하다고 생각하는 이유를 설명하자 다들 생각에 잠겼다. 이번에도 옥동이 나섰다.

"그럼 여기에서 만들어 가져가면 어떨까요? 자, 보세요."

옥동이 나뭇가지를 가져와 흙바닥에 그림을 그렸다.

"여기가 탑의 기단부입니다. 이곳에 사리 장엄구를 넣겠지요. 그럼 기단부의 크기를 정확하게 재서 거기에 딱 맞게 유리를 제작하면 됩니다. 그러나 판유리만으로는 장엄구의 무게를 지탱할 수 없을 테니 납으로 접시처럼 틀을 짜고 그 위에 유리를 붓죠. 그러면 미륵불의 영광도 드러낼 수 있고, 장엄구도 더욱 빛날 겁니다."

"오, 역시 옥동이군!"

"대단해. 훌륭하네!"

가랑도 옥동의 생각에 찬성했다. 멋진 생각이었다. 유리가 사리 장엄구를 접시처럼 받친다면, 유리 공방의 기술로 사리를 받든다면, 그 기술이 진짜 이루어진다면 얼마나 좋을까.

"자, 얼마나 바쁜지 이제 알겠지? 그럼 가랑은 당장 목공방과 석공방에 들러 치수를 알아 오너라. 여기 죽간을 가져가서 그곳 박사님들께 적어 달라 하고. 옥동은 납을 확보하게. 그리고……."

박사가 사람들을 삼삼오오 나누어 배치했다.

가랑은 죽간을 들고 목공방으로 뛰었다. 앞으로 해야 할

일은 지금까지 해 온 일과 견줄 수 없을 만큼 힘들 테지만, 아무려면 거시기로 살던 때보다는 나을 것이다.

"거시기, 그동안 거시기했다."

옥동이 뒤통수를 긁으며 가랑에게 말했다. 미안했다는 말뜻을 알아들은 가랑이 대답했다.

"이 거시기도, 어르신도, 앞으로 거시기합시다."

잘해 보자는 가랑의 말에 옥동이 어깨를 툭 쳤다.

"네가 하는 모습을 보니, 꼭 내가 거시기일 때처럼 반짝반짝 빛난다."

"진심이십니까?"

"속고만 살았느냐?"

"갑자기 이러시니까 이상해서요."

"다 잘해 보자는 뜻이지!"

옥동이 주먹을 불끈 쥐었다. 가랑은 피식 웃고는 장작불을 살피러 뛰어갔다. 할 일이 태산이었다.

갈색 유리병을 만들기 위해 숱한 실패를 거듭했다. 판유리도 마찬가지였다. 납 접시 위에 부을 유리물을 만드는 과정도 만만치 않았다. 게다가 시간이 촉박해서 다들 애를 태웠다. 그래도 매번 작업을 하기 전에는 의복을 단정히 하고, 몸을 깨끗이 씻고, 박사가 읊는 염불을 경건히 들었다.

드디어 두 작업을 성공적으로 끝냈을 때, 공방 사람들은 모두 눈물을 흘렸다.

"해냈다!"

"나무아미타불!"

그동안 해 오던 작업이 아니어서 처음에는 힘들었지만, 의견을 내고 발품을 팔고 다른 공방들과 머리를 맞댄 끝에 나온 결과물이었다.

가랑은 작은 갈색 유리병을 물끄러미 바라보았다. 크기는 작지만 곡선이 잘 살아 있고, 장작불빛에 비추면 불처럼 따뜻해 보였다. 흙처럼 포근하고, 물처럼 매끄럽고, 빛처럼 반짝였다. 자신을 바라보던 미륵불의 눈빛과 비슷했다.

"나무아미타불!"

이 말이 저절로 흘러나왔다.

미륵사의 사리 봉안식

한겨울, 가랑은 유리 공방 사람들과 함께 탑 아래에 서 있었다. 드디어 사리 장엄구를 탑 밑에 넣는 날이었다. 이날을 위해 금마저를 비롯해 백제 곳곳에서 귀족들이 왔다. 군중 사이에는 낯선 복장을 한 이방인도 있었다.

목이가 거든 목탑이 거의 완성 단계에 있었다. 탑에 달린 금동 풍탁(처마 끝에 다는 작은 종)이 바람에 흔들리며 댕그랑 종소리를 냈다. 그 풍탁을 만들 때 아마도 동아가 거들었을 것이다.

이제 석이가 거들고 석공방에서 만드는 석탑 두 개가 차례로 들어설 예정이다. 탑 세 개를 세우면서 앞으로는 작은 못을, 뒤로는 금당 셋을 두고, 그 뒤로 강당과 승방을 둘 예정이다. 또한 석탑 앞으로 당간 지주를 세워, 법회가 열릴 때면 신성한 의식이 있음을 알리는 깃대를 걸 것이다.

"미륵삼존이 나타나신 이곳에 미륵사를 세우면서, 사리를 봉안합니다."

지명 법사가 말하자 모두 고개를 숙였다. 지명 법사 옆에 서 있는 왕과 왕비도 똑같이 고개를 숙였다. 왕은 허리가 구부정한 상태다. 말에서 떨어져 다친 뒤로 병세가 계속 나빠지고 있다는 소문이 사실인 듯했다. 그래도 왕은 부축을 마다하고 사리 봉안식을 끝까지 함께했다.

서쪽 탑의 심주석(목탑의 심주를 받치는 기둥 받침돌) 한가운데에 정사각형으로 사리공(탑에서, 사리함이나 사리병을 봉안하는 공간)이 있었다. 돌 한가운데를 정사각형으로 파내기 위해 많은 석공들이 애썼다. 그 흔적으로 먹으로 그린 십자 표시가 남아 있었다. 흑치 박사는 납판 위에 놓인 유리판을 조심조심 사리공 안에 놓았다. 유리판은 사리공 안에 딱 맞았다.

함께 넣는 청동합은 백성들의 공양품이었다. 가랑은 청동합 뚜껑에 새겨진 글자를 보았다. 지명 법사는 청동합 하나씩을 누가 공양했는지 알렸다. 청동합 안에는 금판, 금제 고리, 금제 구슬, 유리구슬, 진주 구슬, 굽은 옥, 호박, 향, 직물 등 다양한 공양품이 가득 담겼다.

"상부 달솔인 목근이 공양합니다."

이처럼 많은 사람들이 이 절이 무사히 완성되기를 기원했다. 미륵불이 나타난 이곳은 곧 백제의 미래이며, 지금보다 더 나은 세상에서 살아가리라는 믿음이 공양품에서도 묻어났다.

지명 법사는 청동합 여섯 개를 유리판 위에 놓았다. 남쪽에 은제 관 꾸미개와 금판을 넣고 손칼을 천으로 싸서 북쪽에 네 자루, 동쪽에 한 자루, 서쪽에 두 자루를 각각 올렸다.

이제 갈색 유리병 안에 사리를 모셨다. 금동 공방 박사가

사리　　　유리병　　　금제사리내호　　　금동제사리외호

작은 금제사리내호의 뚜껑을 열었다. 옥동이 금제사리내호
안에 유리구슬들을 충전재로 넣어서 갈색 유리병이 부딪혀
깨지지 않게 했다. 그런 다음 금동제사리외호 바닥에도 유리
구슬들을 넣고, 그 위에 금제사리내호를 넣었다. 이제 부처
님의 사리는 유리병과 금제사리내호, 금동제사리외호로 둘
러싸였다. 지명 법사가 사리 장엄구를 조심스레 들어 올려 사
람들에게 보인 뒤, 사리공 한가운데에 넣었다.

　금동 공방의 목 박사가 금제사리봉영기를 들었다. 금판의
앞면과 뒷면에 칼로 글자를 새기고 붉은 염료를 입혀 글자가
잘 보이게 만든 것이었다.

"가만히 생각건대……."

목 박사가 금제사리봉영기에 새겨진 글자를 낭랑한 목소리로 읽어 내려갔다. 가랑은 추위에 떨면서도 합장한 손을 풀지 않았다.

"우리 백제 황후는 좌평 사택적덕의 따님으로서 오랜 세월 동안 선행을 쌓아 지금 생에서 특별한 보답을 받으셨습니다. 만민을 어루만져 기르시고 삼보의 도량이 되셨습니다. 때문에 삼가 깨끗한 재물을 희사하여 가람을 세우고, 기해년 정월 29일에 사리를 받들어 맞이합니다."

동아가 가랑 옆으로 바짝 다가섰다.

"저기 붉은 글씨에 쓰인 주사, 내가 갈았어."

동아가 소곤거렸다.

"멋지다!"

가랑도 속닥였다.

"대왕 폐하의 수명은 산악과 나란히 견고하고, 왕립은 천지와 함께 영구하여, 위로는 정법을 크게 하고 아래로는 창생을 교화하는 데 도움이 되게 하소서……."

목 박사가 읽어 가는 소리에 동아가 다시 말했다.

"전부 193자래. 나, 결심했어. 글자를 배울 거야. 그래서

나중에 내 손으로 직접 새길 거야."

가랑이 작은 소리로 대답했다.

"그래. 넌 할 수 있어. 믿어."

"고마워."

읽기를 마친 목 박사는 금제사리봉영기를 사리호 옆에 비스듬히 놓았다.

지명 법사가 손짓하자 둘러서 있던 사람들이 다가왔다. 사람들은 가운데에 놓인 심주석을 향해 합장하고는 자기가 차고 있던 팔찌며 목걸이를 풀어 남쪽 통로 바닥에 놓았다. 그들은 청동합을 공양하지 못한 사람들인데, 미륵불이 자신과 후손들을 평안하게 이끌어 주리라 믿으며 지니고 있던 가장 귀한 것을 하나씩 놓았다.

드디어 모두 지켜보는 가운데 뚜껑처럼 석재가 올라갔다.

"탑은 9층으로 쌓는대."

어느 결에 목이가 다가와 말했다.

"9층? 되게 높다!"

"목탑이랑 비슷한 형태로 만든대. 아주 크고 장엄한 탑이 될 거야. 다 완성되면 목탑 아래에서 동탑과 서탑을 바라볼 수 있겠지. 마치 미륵삼존이 여기에 다시 나타나신 것처럼 느껴지면 좋겠어."

가랑은 목이가 한 말을 되새겼다. 석재를 올리는 사람들 뒤에서 잔심부름을 하는 석이가 보였다.

"거시기들이 힘을 보태 만들었으니, 오래오래 좋은 절이 되겠지?"

가랑이 말했다.

"당연하지!"

목이가 힘주어 대답했다.

"우리보다 훨씬 더 오래, 영원토록 남을 테니까."

동아가 말했다.

가랑은 동아가 한 말을 가슴에 담았다. 그제야 자기가 만든 유리병의 의미를 깨달았다. 유리물을 잡아 늘이고 당겨 유리병으로 만들면서, 그 안에 든 부처를 끄집어낸 것이다. 흙처럼 투박한 갈색이 아름답게 빛날 수 있듯이 옆에 있는 친구들도 귀한 존재였다.

"미륵사가 다 지어질 때쯤이면 우리도 거시기가 아니라 이름으로 불릴까?"

가랑이 물었다.

그때 옥동이 소리 없이 다가와 가랑의 뒤통수를 힘껏 쥐어박았다.

"아얏!"

뒤통수를 감싼 가랑이 옥동을 알아보고 두 손을 모았다.

"너처럼 놀다가 언제 거시기에서 벗어나 장인이 되고 박사가 될래?"

"오늘은 일이 없잖아요."

"이 녀석이! 일 하나 끝냈다고 손 놓을 셈이냐? 도가니도 닦고, 거푸집도 정리해야지."

옥동은 사리 장엄구를 만들기 시작하면서 뒷돈 챙기는 짓을 그만두었다. 그 대신 좋은 유리를 만드는 데 집중했다. 가랑은 옥동과 함께 유리 공방에서 오래 일하고 싶었다.

"예, 예. 갑니다!"

"그리고 거기 거시기들! 너희도 얼른 움직여! 내가 거시기때는 그렇게 놀 시간도 없었다!"

옥동이 목소리를 높였다. 그러자 목이와 산이, 동아도 부리나케 일어났다.

"사옥동과 가랑은 먼저 돌아갑니다."

흑치 박사는 뒷정리를 하러 가는 두 사람에게 고개를 끄덕였다.

가랑은 뿔뿔이 흩어져 저마다 일하는 공방으로 돌아서는 동자들을 보았다.

"나무아미타불!"

두 손을 모아 합장했다. 모두 평안하기를, 서로를 아끼며 나아가기를 간절히 바랐다.

정림사 석탑의
붉은 비문

◆ 임지형 ◆

"산아, 그 말 들었어? 왕궁에 귀신이 나타났대."

"야, 세상에 귀신이 어딨냐?"

골목 어귀에 숨어서 고개만 빠끔히 내민 연돌이가 소곤거렸다. 그러자 산이의 눈썹이 꿈틀거렸다. 연돌이가 또 어디서 이상한 소문을 듣고 온 모양이라고 생각했다.

"아니야, 진짜야! 아버지가 정림사에 온 귀족들한테 들었대. 귀신이 나타나서 '백제가 망한다! 백제가 망한다!'라고 소리를 지르더니 금세 땅속으로 들어가 버렸다는 거야."

"말도 안 돼!"

산이는 대뜸 연돌이 말을 무시했다. 그렇지만 한편으론 호기심도 일었다. 연돌이 아버지는 사비성(지금의 충청남도 부여)에서 가장 인정받는 와공, 그러니까 기와 굽는 장인이었다. 정림사의 기와도 연돌이 아버지가 만든 거였다. 그러니 연돌이가 들었다는 말이 아예 없는 이야기는 아닌 셈이다.

정림사는 백제의 도읍인 사비성 중심에 있는 사찰이다. 26대 왕인 성왕이 웅진(지금의 충청남도 공주)에서 사비로 도읍을 옮기면서 왕궁과 함께 가장 신경 써서 세운 곳이다. 백제의 왕족과 귀족들은 나라의 안녕을 위해 주로 이곳에서 불공을 드리곤 했다.

"그래서 귀신이 들어간 땅을 팠더니 거기에서 거북 한 마리가 나왔대. 더 놀라운 게 뭔지 알아?"

"뭔데?"

조금 전까지 믿으려 하지 않던 산이의 표정이 달라졌다. 호기심이 잔뜩 어린 눈빛으로 연돌이를 쳐다봤다.

"거북 등에 '백제는 보름달과 같고 신라는 초승달과 같다'라고 쓰여 있었다는 거야."

"그게 무슨 뜻인데?"

"그건 나도 모르지."

기껏 아는 척 이야기하던 연돌이가 너무나도 당당히 모른다고 했다. 산이는 어처구니가 없었다.

"연돌아, 너도 모르는 이야기를 왜 꺼냈는데?"

"그야 하도 신기하고 궁금해서 그랬지. 산이 너는 나보다 훨씬 똑똑하니까, 너한테 이야기하면 혹시 알 수 있지 않을까 해서 말이야."

"어른들도 모르는 걸 내가 무슨 수로 알겠냐?"

산이가 엄지손가락으로 관자놀이를 꾹꾹 누르며 연돌이를 쳐다봤다. 대책 없이 순진한 이 녀석을 어떻게 하면 좋을지 머리가 아팠다.

그때 저쪽 골목길 끝에서 바쁜 발걸음 소리가 들렸다.

"연돌아, 왔다. 숨어!"

산이는 연돌이의 어깨를 누르며 얼른 몸을 숨겼다. 지후와 인수가 오는 모습이 보였다.

"송지후, 이쪽 맞지? 내가 오늘 그 건방진 녀석들 뒤통수를 칠 거니까 잘 안내해!"

"마, 맞아. 이, 이 길로 가면 산이 녀석들의 비밀 장소가 나올 거야."

키가 작아 더 왜소해 보이는 지후가 인수 눈치를 보며 말했다. 잔뜩 겁먹은 눈빛은 오늘따라 허름한 옷차림을 더 볼품없이 만들었다. 반면 지후보다 머리 두 개는 더 커 보이는 인수는 질 좋은 옷을 입어 티가 나게 돋보였다. 게다가 어디에서 구했는지 반질반질한 목검까지 손에 쥐고 있었다. 그 뒤를 따르는 아이들 몇 명 또한 인수와 비슷한 차림이었다.

몸을 숨기고 있던 산이는 인수 얼굴을 보며 인상을 썼다. 인수는 백제의 유력한 귀족 가문인 예씨의 후손이라고 평소에도 어지간히 거들먹거리는 아이였다. 특히 자기 할아버지가 백제의 북방 웅진성을 책임지는 방령이라고 꽤나 자랑하고 다녀 눈꼴시었다.

산이는 발아래에 둔 보퉁이에 손을 집어넣었다. 손끝에 물컹한 덩어리가 잡혔다. 하나를 냉큼 집어 연돌이에게 내밀었다. 순간 연돌이는 흠칫, 놀라더니 금세 울 것 같은 얼굴로 덩어리를 겨우 받아 들었다. 산이도 얼른 물컹거리는 걸 하나 집어 들었다. 인수 무리는 아무것도 모르고 산이가 있는 쪽으로 점점 다가왔다.

"연돌아, 던져!"

산이가 몸을 일으키며 큰 소리로 외쳤다. 연돌이는 산이의 외침에 따라 물컹한 것을 앞으로 휙 던졌다. 그러자 두 아이가 던진 물컹한 것이 포물선을 그리며 인수 머리 위로 팍 떨어졌다.

"으악! 이게 뭐야?"

깜짝 놀란 인수는 비명을 지르며 그 자리에 멈춰 섰다. 곧 지독한 냄새가 사방으로 퍼져 나갔다.

"누구 뒤통수를 친다고? 너는 그냥 돼지 오줌보 맛이나 봐라! 하하하."

산이가 뒤따라오는 아이들을 향해 또 한 번 돼지 오줌보를 던지며 외쳤다. 옆에 있던 연돌이도 바닥에 있던 보퉁이를 끌어안은 채 돼지 오줌보를 던져 댔다.

그러자 인수는 날아오는 오줌보를 향해 목검을 마구 휘둘렀다. 하지만 미련한 짓이었다. 오줌보가 목검에 맞아 터지면서 오줌이 아이들에게 비처럼 뿌려졌다.

"으악, 지린내!"

"뒤로 물러서!"

기세등등하던 아이들은 정신을 차릴 수가 없었다. 지독한 냄새까지 더해져서 인수는 화가 머리끝까지 치밀었다.

"부여산, 이 비겁한 자식! 숨어서 이게 무슨 짓이야?"

"비겁? 너, 말은 똑바로 해라. 지후 괴롭혀서 우릴 배신하

게 만들고 몰래 뒤통수를 치려고 한 놈이 누군데?"

"시끄러워! 평소 네가 나를 무시하고 재수 없게 굴지 않았으면 이런 일도 없었을 거 아니야. 얘들아, 빨리 저 자식들 잡아! 오늘 잡아서 혼내 주자고."

인수가 목검을 휘저으며 산이를 향해 돌진했다. 그러자 주춤거리던 아이들이 산이 쪽으로 뛰어들었다. 그 모습을 본 산이는 아이들 쪽으로 거침없이 나아갔다.

"연돌아! 넌 얼른 지후 챙겨서 뒤로 빠져. 저것들은 내가 제대로 손봐 줄 테니까."

"아, 알겠어."

연돌이는 산이 말에 부리나케 지후한테로 갔다. 산이는 바닥의 흙을 한 움큼 쥐어서 달려드는 아이들을 향해 휙 뿌렸다. 돼지 오줌보를 받아 정신없던 아이들이 이번엔 눈에 들어간 흙 때문에 비명을 질렀다.

"부여산! 이 비열한 놈아, 그만두지 못해!"

"한 사람에게 여러 명이 달려드는 건 정정당당하고?"

산이는 절대 지지 않았다. 인수가 소리 지를 때마다 대거리를 했다. 그러면서도 눈에 흙이 들어갔을 때 떨어뜨린 인수의 목검을 얼른 집어 들었다. 그러고는 재빨리 인수를 향해 휘둘렀다.

"컥!"

목검을 휘두르며 인수의 오른 다리를 걸자 인수가 넘어졌다. 평소라면 어림없는 일이지만 지금은 상황이 달랐다. 인수가 바닥에 쓰러지자 산이는 잽싸게 인수 배 위로 올라가 얼굴을 주먹으로 내리쳤다.

"퍽!"

그러나 가만히 맞고 있을 인수가 아니었다. 산이가 주먹을 휘두를 때마다 용케 고개를 돌려 주먹을 피했다.

"이 녀석들! 이게 무슨 짓이냐?"

한참을 엎치락뒤치락 싸우고 있을 때였다. 강직해 보이는 어떤 남자가 둘을 내려다봤다.

"아, 아버지……."

산이는 그대로 얼어 버렸다. 자신을 내려다보고 있는 사람은 다름 아닌 아버지 부여지달이었다. 아버지는 부하들과 함께 사비성 안을 순찰하다가 아이들을 발견한 것이다.

그날 밤, 산이는 아버지에게 크게 혼났다.

"내가 너에게 무예를 가르치고 공부를 하게 한 이유가 고작 동무들과 싸우라고 하기 위해서더냐?"

아버지 목소리는 그 어느 때보다 싸늘하고 매서웠다. 그래서인지 회초리로 스무 대나 맞은 종아리보다 더 아프게 느껴졌다.

"백제 무사의 칼은 백성을 지키는 것이 첫째다. 힘을 기르고 공부를 하고 무예를 습득하는 것은 외세의 침략에서 힘없는 사람들을 구하고 지키기 위한 것임을 명심해라. 오늘처럼 하찮은 다툼에 쓰는 게 아니란 말이다. 알겠느냐?"

산이 눈에는 어느새 눈물이 그렁그렁 고였다.

솔직히 인수와 싸우는 것은 하찮은 일이 아니었다. 인수는 약한 지후나 착한 연돌이 같은 아이들을 엄청 괴롭혔다. 게다가 하급 무관이라고 아버지를 조롱하기도 했다. 그걸 더는 참을 수 없어 싸운 건데, 아버지는 산이의 그런 마음을 몰라줬다. 아니, 말하고 싶은데 말이 입 밖으로 나오지 않았다. 산이는 아버지 말에 그저 묵묵히 고개를 주억거릴 뿐이었다.

겨우 아이들 싸움이었는데, 며칠 뒤에 일이 이상하게 돌아갔다.

"뭐야? 우리 인수가 하급 무관의 자식에게 험한 꼴을 당했다고? 대체 어떤 놈이냐?"

마침 잠시 사비성에 머물고 있던 웅진 방령 예식진은 손자가 하급 무관의 아들에게 얻어맞았다는 사실에 화를 냈다.

"감히 백제를 떠받치는 대성 8족의 한 축인 우리 예씨 가문의 장손에게 손을 대? 이 버르장머리 없는 자식을 내 가만 두지 않겠다."

얼마 후, 예식진 앞에 이름 하나가 적힌 종이가 전해졌다.

"부여지달이라……. 왕족인가?"

"아닙니다. 부여 씨를 쓰긴 하지만 왕족까지는 아니고, 아주 먼 방계 언저리에 겨우 속하는 자입니다. 그렇지만 나름 무예가 출중하고 머리가 잘 돌아가서 계백 달솔이 눈여겨보고 있다고 합니다."

"그래? 그런 인재라면 이런 후방에서 세월을 허비하면 안 되지. 공을 세울 수 있는 전방으로 가야 하지 않겠나? 이봐! 지난번에 웅진성 북쪽에서 신라 놈들이랑 싸우다 전사한 부대 지휘관 자리가 비었지?"

"그렇습니다. 주로 위험한 지역을 정찰하고 신라군의 움직임을 감시하는 부대입니다."

"좋아! 딱 안성맞춤이야."

예식진은 눈을 가늘게 뜨고 흐뭇한 미소를 지었다.

그리고 며칠 지나서였다.

"아버지, 그게 무슨 말씀이세요? 웅진성으로 옮기셔야 한다니요?"

"말 그대로다. 근무지가 사비성에서 웅진성으로 바뀌었을 뿐이니 소란 떨 건 없다."

산이는 청천벽력 같은 소리를 듣고 어쩔 바를 몰라 동동 거렸다.

"저 때문인가요? 웅진성이라면 인수 할아버지가 방령으로 있는 곳이라고 들었습니다."

"어허, 쓸데없는 소리 하지 말래도. 산아, 잘 들어라. 아비가 웅진성으로 먼저 가서 자리 잡는 대로 너를 데리러 오겠다. 그때까지 너를 맡아 주실 분이 있으니 걱정 말거라. 말썽 부리지 말고 얌전히 지내야 한다. 알겠느냐?"

아버지가 말을 마쳤을 때, 밖에서 아버지를 부르는 차분한 목소리가 들렸다. 산이도 잘 아는 제망 스님 목소리였다.

"지달 무덕, 안에 계신가?"

"네. 들어오시지요, 스님."

제망 스님은 안으로 들어와 합장한 뒤 자리에 앉았다. 산이는 제망 스님과 아버지를 번갈아 바라봤다. 자기를 돌봐 줄

분이 제망 스님인 듯해서 다행이지만, 아버지와 떨어져 지낼 생각을 하니 가슴이 아팠다.

제망 스님은 산이가 어릴 적부터 어머니와 절에 갈 때마다 봐 왔기에 그리 어려운 분은 아니었다. 특히 어머니가 세상을 떠난 뒤에 극락왕생을 기원하러 절에 가면 예전보다 더 살뜰히 보살펴 주었다.

"스님, 자리만 잡으면 바로 산이를 데리러 오겠습니다. 그때까지만 잘 부탁드립니다."

아버지는 다른 때보다 훨씬 더 정중히 제망 스님에게 절을 했다. 산이는 그런 아버지를 보며 생각 없이 까불었던 자신을 원망했다.

아버지가 웅진성으로 떠난 뒤, 산이는 제망 스님을 따라 정림사로 갔다. 그곳에서 하루에 반나절은 정림사 스님들이 시키는 허드렛일을 했고, 남은 시간에는 멀리서 불공 드리러 오는 손님들이 묵을 방을 청소하기도 했다. 저녁이 되면 제망 스님과 함께 불경으로 글을 배웠고, 백제와 왜의 역사 그리고 옛 성현들의 이야기를 공부했다.

그렇게 시간이 차곡차곡 흘러갔다.

"대자대비하신 관세음보살님! 아버지가 건강히 돌아오게 해 주세요. 아버지를 지켜 주세요."

산이는 정림사 금당 뜰 앞을 비질하다가 우뚝 솟은 탑을 올려다보며 소원을 빌었다. 요즘 왠지 자꾸 불안한 마음이 들어 기도가 절로 간절해졌다. 정림사 탑은 사비성의 여느 절 탑들과는 달랐다. 돌로 정성스레 쌓은 탑이라 어쩐지 바라는 일이 이루어질 듯한 느낌이 들었다.

어머니와 함께 올 땐 눈여겨 보지 않던 탑이었다. 하지만 어머니가 돌아가신 후 밤이면 어머니를 그리워하느라 않는 산이를 보다 못한 아버지가 데리고와 알게 됐다.

"우아! 아버지, 이게 정말 돌로 만든 탑이에요? 꼭 나무로 만든 것 같아요."

어린 산이가 본 석탑은 더없이 섬세하고 부드럽고 아름다웠다. 아래 기단에서 시작해 탑의 네 귀퉁이에 각각 자리 잡은 기둥돌이 단단하게 탑을 받치고, 크기가 일정하게 줄어드는 5층의 지붕돌은 네 방향으로 뻗어 나가다 끝부분이 살짝 위로 올라가 더없이 우아해 보였다.

"네가 하도 슬퍼서 여기까지 오기는 했다만, 얌전히 둘러봐야 하느니라. 알겠느냐?"

126

석탑 앞에서 종알대는 산이를 보고 아버지가 엄히 말했다. 말투가 어찌나 엄하던지, 산이는 절로 움찔해서 놀란 채로 고개를 끄덕였다.

그때 산이 뒤에서 부드러운 목소리가 들렸다.

"석탑이 마음에 드나 보구나. 나도 이 석탑을 무척 좋아한단다. 이 5층 석탑에는 비밀이 많거든."

"비밀이요?"

산이는 비밀이라는 말에 저도 모르게 눈을 반짝였다.

"석탑의 1층 높이는 7척이란다. 2층과 5층의 높이를 합하면 7척이지. 3층과 4층의 높이를 합하면……."

"혹시 7척인가요?"

영리한 산이는 스님이 무슨 말을 할지 바로 알 수 있었다.

"그래, 맞았다. 그리고 아래 기단의 높이는 7척의 절반인 3척 반이란다. 기단의 맨 아랫돌 너비는 7척에 3척 반을 더해 10척 반이지. 어디 하나 뒤틀림 없이 조화와 균형을 이루고 있단다. 그래서 더 아름다운 게지. 네가 보기엔 어떠냐?"

스님 설명을 들어서 그런지 몰라도 산이 눈에도 더 아름다워 보였다. 아니, 대단해 보였다. 산이는 연신 고개를 끄덕이며 석탑을 한 번 쳐다보고 스님을 한 번 쳐다봤다. 그것이 제망 스님과 산이가 각별해지는 계기가 됐다.

그때 제망 스님은 아버지에게 산이를 자주 데려오라는 말을 했다. 아버지가 집을 비워야 할 때가 많다는 걸 알고 있었기 때문이다. 그 후로 아버지는 집을 오래 비울 때면 산이를 제망 스님에게 맡겼다.

잠시 옛 생각에 잠겨 있던 산이는 다시 탑을 돌았다. 천천히 오른쪽으로 돌고 돌면서 두 손을 모아 기도했다.

"대자대비하신 관세음보살님, 아버지를 꼭 지켜 주세요. 나무아미타불 관세음보살."

산이는 몇 번이고 지극한 마음으로 기도했다. 그렇게 기도하느라 자기를 바라보는 눈길이 있다는 것도 알아차리지 못했다.

저만치에서 금당으로 향하던 제망 스님이 산이를 물끄러미 바라보고 있었다. 산이를 볼 때면 늘 평온한 미소를 지었지만 오늘은 달랐다. 산이를 바라보는 눈빛에 전에 없이 슬픔과 미안함이 가득했다. 아니, 고통이 담긴 것 같았다.

얼마 지나지 않아, 까닭 모를 산이의 불안감은 현실이 되었다. 전쟁이 났다는 소식이 사비성에 이르렀다.

"서둘러라! 당나라 놈들을 사비성까지 가게 할 수는 없다. 무슨 일이 있어도 이 외성에서 막아야 한다."

수염이 덥수룩한 병사가 사람들에게 소리쳤다.

"이봐, 그쪽 성벽을 더 보강해야겠어. 나뭇가지와 풀더미를 더 가져다가 다져서 메워. 그 위에 흙을 덮어 무너지지 않게 마무리하고. 꼬마야, 너도 저쪽으로 가서 도와라."

어른들이 일하는 모습을 멍하니 보고 있던 산이는 깜짝 놀라 병사를 쳐다봤다. 산이를 바라보는 눈빛에서 온기라고는 찾아볼 수가 없었다. 산이는 얼른 고개를 끄덕이고 흙 부대를 등에 졌다.

전쟁 소식이 전해지자 사비성에 사는 사람이면 아이부터 노인까지 모두 나와 성벽을 보강하는 데 매달렸다. 스님들마저 함께 나설 정도로 사태가 급박해졌다.

"신라 놈들과 싸우는 거야 늘상 있던 일이지만, 이번에는 당나라군까지 쳐들어왔다면서?"

일하는 사람들 중 얼굴에 큰 점이 있는 아저씨가 키 작은 아저씨에게 말하는 소리가 산이 귀에 들렸다.

"그렇다나 봐. 소정방인가 뭔가 하는 장수가 당나라군을 몰고 바다를 건너왔다는 소문이 퍼졌어. 신라 김유신도 움직인다더라고."

"후유, 이러다가 우리 진짜 큰일 나는 거 아니여? 그나저나 이렇게 위급한데 건길지(왕)와 귀족들은 뭐 하고 있담?"

"난들 아나. 들리는 소문엔 아직도 어떻게 싸울지 회의만 하고 있다는 것 같은데. 이러리라 예상했는지 돌아가신 성충 좌평께서 건길지께 상소를 올렸다 그러더라고."

두 아저씨가 주고받는 이야기에 산이 귀가 쫑긋 솟았다. 이런 말은 처음 들었다.

"당나라는 군사들 수가 많아서 식량을 보급하는 문제가 클 테니 시간을 끌고 버텨야 한다는구먼. 그러니 그놈들이 백강(백마강)에 배를 대고 땅을 밟지 못하게 지켜야 하고, 육로로 오는 신라 놈들은 탄현(삼국 시대 백제의 고개)을 지나지 못하게 막아야 하고 말이야. 그런데……."

"뭐가 문제인가?"

말하던 아저씨가 주변을 휙휙 둘러봤다. 목소리가 아까보다 더 작아졌다.

"그 대책이 옳으니 그르니 하면서 서로 다투느라 이러지도 저러지도 못하고 있다는구먼."

"어허, 지금 때가 어느 때인데 그런단 말인가?"

"내 말이 그 말일세. 아주 한심하기가 이를 데가 없어. 그나마 계백 장군께서 군사들을 이끌고 황산으로 신라군을 막으러 가셨다니 마음이 놓이지. 지금 백제에서 믿을 사람은 그분밖에 없어."

흙 포대를 비우고 돌아서던 산이는 두 아저씨 말에 가슴이 답답해졌다. 어쩌다가 이렇게까지 됐는지, 깊은 한숨과 함께 불안이 온몸을 죄었다.

그런데 이런 소식들은 도대체 어디에서 오는지 알 턱이 없었다. 어찌나 세세한지 직접 보고 들은 것처럼 말하는 사람들을 보면서 산이는 아버지를 떠올렸다. 전투에서 무슨 일이라도 생길까 봐 걱정이 이만저만이 아니었다. 그렇지만 어느 누구에게도 그런 마음을 터놓을 수가 없었다. 그래서 밤마다 잠 못 이루고 혼자 속앓이를 했다.

전쟁은 백제에 너무 불리하게 진행되었다. 당나라 군대를 유인해 기벌포에서 싸움을 벌였지만 군사 1만을 잃고 패했다. 소정방은 13만이나 되는 군사를 이끌고 사비성 30리 가까이까지 왔는데, 신라의 4만 군사가 당나라 군대에 합류하는 것을 막기 위해 계백 장군은 5천 병사만으로 황산벌에서 싸움을 벌였다. 그러나 이것은 끝이 정해진 싸움이었다. 승리는 불가능했다. 다만 계백 장군과 병사들이 생명을 불살라 신라군의 진격을 조금 늦출 수는 있었다.

그러자 의자왕과 왕비 은고, 태자 부여효를 비롯한 주요 인물들은 사비성을 나와 웅진성으로 피했다. 왕이 빠져나간 사비성은 결국 당나라 군대에 허무하게 무너져 버렸다. 그리고 왕에게 버림받은 백성들에게는 지옥 같은 현실만 남았다.

당나라 군사들은 사비성을 돌아다니며 불을 지르고 거침없이 약탈을 했다. 저항하는 사람들은 무조건 죽이기까지 했다. 나라가 너무나도 참혹해지고 있었다.

한편, 사비성이 점령당하기 전에 제망 스님은 산이를 급히 스님 방으로 데려갔다. 그러고는 방 한구석에 있던 물건들을 치웠다. 그러자 두세 명쯤이 들어갈 만한 공간이 드러났다.

"여기서 꼼짝 말고 숨어 있어라. 밖이 안전해지면 그때 나가게 해 주마."

"여, 여기에서요? 스님은요?"

놀란 산이가 눈을 동그랗게 뜨고 되물었다.

"내 걱정은 하지 않아도 된다."

말을 마친 제망 스님은 곧장 밖으로 나갔다. 평소와 너무

다른 제망 스님의 모습에 산이는 당황했다. 그러나 어쩔 수 없었다. 스님이 마련해 준 이 비밀 공간에서 하릴없이 웅크리고 있을 뿐이었다.

그러다 산이는 이상한 물건을 발견했다.

"이게 뭐지?"

산이가 발견한 것은 흰옷과 가발이었다. 그리고 그 옆 작은 책장에는 편지와 종이쪽지가 있었다. 슬쩍 들춰 보니 주로 왕유지라는 당나라 상인에게 보내는 글이었는데, 사비성의 상황과 백제 귀족들의 움직임, 지방 군대의 수라든가 지휘 장수의 이름 따위가 쓰여 있었다.

'이런 게 왜 여기에 있지?'

산이는 자기가 본 것이 왜 여기에 있는지 이해가 가지 않았다. 아무리 생각해도 이 물건들과 제망 스님이 연결되지 않았다. 산이는 눈을 질끈 감아 버렸다. 더는 아무것도 생각하고 싶지 않았다.

얼마나 지났을까. 밖에서 부스럭대는 소리가 들렸다. 산이는 덜컥 겁이 나서 아까보다 더 몸을 웅크린 채 숨까지 참았다.

그때, 문이 확 열리면서 제망 스님이 들어왔다.

"괜찮으냐?"

산이를 걱정스레 바라보며 제망 스님이 물었다. 스님한테서 진한 땀 냄새와 연기 냄새, 거기에 비릿한 냄새까지 뒤섞여 훅 풍겼다. 놀란 가슴이 아직 가라앉지 않은 산이는 고개만 끄덕였다. 그러자 제망 스님이 비밀 공간을 쓰윽 한번 둘러봤다.

"나는 본래 신라 사람으로, 이름은 김오랑이다."

물건들의 위치가 바뀐 것을 알아차린 제망 스님이 말을 꺼냈다.

"18년 전, 백제 장군 윤충이라는 자가 신라 대야성으로 쳐들어왔다. 윤충은 대야성에 살고 있던 신라 사람 검일과 모척, 그 찢어 죽일 배신자들을 통해 대야성을 함락했지. 그때 성주인 김품석과 아내 고타소 그리고 내 딸까지 죽임을 당했다. 그것도 목이 잘려서……."

한 마디 한 마디 힘들게 내뱉는 제망 스님의 얼굴은 너무나 고통스러워 보였다.

"내 딸의 원통한 죽음을 나는 견딜 수가 없었다. 몇 날을 울부짖었는지 모른다. 그러고 있을 때, 지금은 신라의 대왕이 된 김춘추 공이 나를 찾아오셨다. 우리는 백제에 복수하

137

자고 굳게 다짐했다."

제망 스님이 잠시 말을 멈추었다. 밖에서 당나라 군사들이 주변을 수색하는 소리가 들렸다. 산이의 심장이 미친 듯이 뛰었다. 행여 들킬까 오금이 저렸다. 하지만 그보다는 제망 스님의 믿기지 않는 말이 심장을 더 빠르게 뛰게 만들었다.

잠시 후, 바깥이 잠잠해졌다. 다행히 산이와 제망 스님은 발각되지 않았다.

"내가 전에 고구려의 도림이 바둑으로 개로왕의 눈을 어둡게 했다고 한 말을 기억하느냐?"

산이는 잠자코 고개를 끄덕였다.

개로왕은 바둑을 무척 좋아한 사람이라고 했다. 그래서 도림이라는 승려가 왕의 바둑 친구가 되어 주었는데, 왕은 도림의 뛰어난 바둑 실력에 감탄하며 그와 가까이 지냈다. 그러나 도림은 고구려의 간자였다. 도림은 개로왕을 부추겨 화려한 궁성을 짓게 하고 무리한 대규모 공사를 하게 했다.

그 탓에 나라의 재물은 점점 말라 갔다. 병사들에게 주어야 할 무기와 군량마저 제대로 주지 못하게 됐다. 고구려는 바로 그 점을 노렸다. 마침내 고구려는 백제가 약해진 틈을 타 쳐들어왔다. 백제는 일주일을 버텼지만, 끝내 위례성을 지키지 못하고 한강 유역의 땅을 빼앗기고 말았다.

"나도 그 이야기에 착안해 스스로 머리를 깎고 중으로 위장해 여기로 온 것이다. 그런데 이곳 사비성에 와 보니 기가 막히더구나. 아무리 봐도 백제는 쉽게 무너질 나라가 아니라는 생각만 들었다. 혹시 정림사 석탑 자리에 본래는 목탑이 있었다는 사실을 아느냐?"

산이는 고개를 저었다. 전혀 들어 본 적 없는 이야기였다.

"내가 이곳으로 와 자리를 잡고서 목탑에 불을 놓았다. 탑을 불태워 백제 백성들의 마음에 불안감을 심어 주려고 그랬지. 그런데 백제인들은 돌을 깎아 무너지지 않는 석탑을 그 자리에 세우고 나라의 안녕을 기원하더구나. 마치 내 발버둥 정도로는 절대 백제가 무너지지 않을 것이라고 말하는 듯했다."

제망 스님은 그동안의 일을 산이에게 고백하듯 말을 이어 갔다.

"그때부터 나는 더욱 조심스럽게 행동했다. 귀족과 백제인들의 환심을 사기 위해 애쓰는 한편으로 사비성 곳곳을 다니며 정보를 모아 신라로 보냈지. 네가 본 저 물건들은 내가 고구려의 도림처럼 간자 노릇을 하며 쓰던 거였다. 그리고 백제는 이렇게 무너지게 되는구나."

다시 침묵이 흘렀다. 산이는 제망 스님의 말이 그저 어리둥절할 뿐이었다. 도대체 뭘 원하기에 자기에게 이런 말을 하는지 묻고 싶었다. 그러나 이야기를 다 마친 것 같은 제망 스님의 텅 빈 눈빛을 보면 차마 입이 떨어지지 않았다.

"나는 너를 살릴 것이다. 이렇게 한들 괴롭게 죽어 간 사비성 사람들의 피 값을 치를 수 없다는 것은 안다. 내 죄책감을 씻기 위한 위선이라고 해도 상관없다. 어차피 내 복수는 이루어졌으니 더는 바랄 것도 없다. 자, 이걸 받아라."

제망 스님은 말끝에 산이에게 봇짐 하나와 접힌 종이 한 장을 내밀었다.

"사비성을 빠져나갈 길을 표시한 지도와 며칠 먹을 식량이다. 이곳을 나가 숨어 지내거라. 자, 어서 떠나라."

제망 스님은 산이에게 봇짐과 종이를 주며 떠밀었다. 산이는 고맙다는 말 한마디 못 하고 얼떨결에 쫓겨나다시피 정림사를 떠났다.

산이는 밤그림자가 진 곳을 찾아 최대한 몸을 숙이고 기어가듯 걸었다. 당장이라도 당나라 병사가 나타날 것 같아 무서웠지만 멈추지는 않았다. 때때로 어슴푸레한 달빛에 제망

스님이 준 지도를 보며 길을 찾았다. 그리고 드디어 사비성을 빠져나갈 통로를 찾아냈다.

'아버지가 있는 웅진으로 가야 해. 거기는 괜찮을 거야.'

산이는 속으로 수십 번 다짐하며 걸었다. 불타는 사비성이 점점 멀어지는 동안 넘어지고, 구르고, 찢기고, 피가 났다. 해가 뜨면 몸을 숨기고 어둠이 찾아오면 다시 산길을 걸었다. 아직 어리지만 그래야 한다는 것 정도는 알았다. 그게 평소 아버지가 일러 준 가르침이었다.

그러나 산이 혼자서 웅진까지 가는 것은 꽤 버거운 일이었다. 제망 스님이 준 식량도 거의 떨어졌다. 며칠을 걸었는지 헤아릴 수 없을 만큼 여러 날을 걸었다. 그렇게 한없이 걷다가 저 멀리 희미한 불빛을 본 것 같다는 생각을 마지막으로 산이는 쓰러졌다.

겨우 정신이 든 산이는 주위를 둘러봤다.

'여긴 어디지? 설마 내가 당나라 군사들에게 잡힌 걸까?'

산이는 열 명 남짓 둘러앉을 수 있는 동굴 안에 누워 있었다. 여름이지만 바닥에서 올라오는 차가운 기운 때문인지 누가 장작불을 피워 놓았다. 그리고 그 옆에서 손에 흉터가 잔뜩 있는 남자가 무심하게 불을 헤집는 모습이 보였다.

'다행히 당나라 군복은 아닌 것 같네. 근데 저 사람 말고 몇 명이나 있는 거지?'

몸은 그대로 누운 채 산이의 머릿속이 빠르게 움직였다.

그때였다. 산이 머리맡에서 굵직한 목소리가 들렸다.

"정신이 들었느냐?"

느닷없는 목소리에 산이는 깜짝 놀랐다. 목소리가 너무 낯익어 가슴이 들썩였다.

"산아, 괜찮으냐?"

산이는 더 누워 있을 수 없었다. 낯익은 목소리의 주인공은 다름 아닌 아버지였다. 산이는 힘을 내어 자리에서 일어나 앉았다.

"아버지!"

"부처님이 우릴 도우셨구나. 네가 어떻게 여기까지 왔는지 모르겠다만, 살아 줘서 정말 고맙구나!"

아버지가 산이를 와락 껴안았다. 어찌나 꼭 껴안았는지 좀 답답했지만 산이는 비로소 안도감을 느꼈다. 동시에 갑자기 눈물이 마구 쏟아졌다. 한밤중 산길을 걸을 때조차 아무리 무서워도 울지 않았는데 아버지 앞에서 속절없이 무너졌다.

"어엉어어어어엉엉!"

한참을 울고 났더니 주변으로 아홉 사람이 둘러앉았다. 아버지 부하들이었다. 산이는 아버지와 부하들을 보면서 그동안 겪은 일을 이야기했다. 특히 제망 스님의 정체와 사비성을 어떻게 빠져나왔는지를 소상히 말했다.

산이 이야기를 듣고 아버지는 짧은 탄식을 내뱉었다. 그렇게 믿었던 제망 스님에게 배신감을 느낀 것 같았다.

"백제는 열흘 전 당나라와 신라에 항복했다."

산이 말을 다 듣고 나서 아버지가 내뱉은 첫마디는 백제가 망했다는 소식이었다.

그런데 희한하게 그 엄청난 소식에도 별로 현실감이 느껴지지 않았다. 아마 어떻게든 살아서 아버지를 만나 마음이 놓여 그런 것 같았다.

그러나 아버지 부하는 달랐다. 자신을 막주량이라고 소개한 덩치 큰 남자가 험상궂은 표정으로 한마디 내뱉었다.

"지달 무덕! 그렇게 말하면 너무 점잖지 않습니까? 웅진방령 예식진 그 비열한 놈이 반역을 일으켰고, 어라하(왕)를 위협해서 웅진성을 열고 나당 연합군에 항복하게 만든 것 아닙니까?"

"막주량의 말이 맞습니다. 성문을 걸어 잠그고 버티기만 했어도 이렇게 허무하게 무너지지 않았을 겁니다. 그랬으면 흑치상지 달솔이 임존성 쪽에서 병사들을 이끌고 저놈들 뒤를 쳤을 테고, 고구려도 신라의 뒤를 압박했을 것입니다. 그런데 그 갈아 먹어도 시원찮을 그 작자 때문에……."

막주량이 말을 마치자 늙수그레한 계록치 영감이 맞장구를 쳤다. 그러자 이번엔 손에 흉터가 가득한 우태가 말을 이었다.

"우리가 정찰하느라 밖에 있었기에 망정이지, 웅진성 안에 있었다면 아마 예식진을 따르는 자들에게 죽임을 당했겠지요."

산이는 아버지 부하들 입에서 나오는 예식진이라는 이름에 소름이 돋았다. 동시에 인수 얼굴이 떠올랐다. 인수는 평소에 입만 열면 백제를 책임지는 귀족입네 뭐네 뻐겼는데, 그 할아버지가 나라를 팔아먹은 것이다.

"산아, 너한텐 미안하지만 우리는 다시 사비성으로 들어가야 한다."

생각에 빠져 있는 산이를 보고 아버지가 말했다. 산이는 퍼뜩 정신을 차리고 아버지를 빤히 쳐다봤다.

"알겠어요, 아버지! 그런데 언제 출발하나요?"

산이가 묻자 아버지 표정이 한순간 굳었다가 펴졌다. 잠시 침묵이 흘렀다. 그리고 아까와 달리 조금은 차가운 목소리로 아버지가 말을 꺼냈다.

"내 말을 제대로 이해하지 못한 것 같구나. 산이 너는 사비성으로 가지 않는다. 너는 계륵치를 따라 임존성으로 가거라. 거기에 가서 이곳 상황을 알리고 안전한 장소로 피하면 된다. 그리고 제망 스님, 아니 김오랑이라는 자가 너한테 준 지도를 내게 다오."

"그게 무슨 말씀이세요? 저만 안전한 곳으로 도망치라고요? 안 돼요!"

"너를 데려가면 우리가 해야 할 일에 방해가 될 뿐이다. 그러니 아비 말을 들어라. 자, 어서 지도를……."

아버지가 산이 쪽으로 손을 내밀었다. 산이는 이를 꽉 깨물었다가 품에서 지도를 꺼냈다. 그러더니 타닥타닥 소리를 내며 타고 있는 장작불에 확 집어넣어 버렸다.

"아니, 이게 무슨 짓이냐?"

아버지가 당황하며 크게 소리쳤다.

"이제 지도는 없어요. 그렇지만 어디로 가야 하는지 아는

사람은 딱 한 명 남아 있죠. 그러니 그 일을 꼭 하셔야 한다면 길을 아는 저를 데려가야 하실 거예요."

산이는 야무지면서도 다부지게 하고 싶은 말을 다 했다. 그런 아들을 아버지는 할 말을 잃고 멍하니 바라보았다.

그때 옆에서 누가 크게 웃는 소리가 들렸다.

"푸하하하, 지달 무덕의 아들 아니랄까 봐! 이 녀석 참으로 독하구나? 너 참 마음에 든다. 앞으로 잘 부탁한다."

험악해 보이던 막주량이 손으로 덥수룩한 수염을 쓸며 크게 웃었다. 옆에 있는 계륵치 영감도 씨익 웃으며 아버지를 쳐다봤다.

"무덕께서 아드님을 아주 잘 키우셨습니다. 이렇게 된 이상 저도 함께 가야겠습니다. 산이의 안전은 제가 챙기는 것으로 하시지요."

부하들의 성화 때문인지 아버지도 결국 허락했다. 그래서 산이를 길잡이 삼아 모두 사비성에 들어가기로 했다.

밤이 되자 싸늘해진 바람이 할퀴듯 덤벼들었다. 산이는 저도 모르게 목을 잔뜩 움츠렸다. 와락, 두려움이 밀려왔다. 그러자 발걸음이 자꾸 처졌다. 아닌 게 아니라 언제부터 그랬는지 모르겠지만 다리도 달달 떨렸다.

"괜찮겠느냐?"

바로 뒤에서 계륵치 영감이 물었다.

"지금이라도 임존성으로 가겠다면 내가 따라나서마. 여기 있는 어느 누구도 널 탓하지 않을 게야."

계륵치 영감의 말에 산이는 힐금 아버지 쪽을 봤다. 달빛에 드러난 아버지 표정이 유난히 차가워 보였다. 어떤 감정도 읽을 수가 없었다. 산이는 입술을 잘근 깨물었다.

"사비성으로 몰래 들어가는 길을 아는 사람은 저밖에 없잖아요! 걱정 마세요."

산이는 온몸에 있는 용기를 바득바득 모아 간신히 말을 내뱉었다. 그러고는 다시 발걸음을 재촉했다. 산이는 마치 수십 번을 다닌 길처럼 척척 앞장서 갔다. 사비성에서 빠져나올 때만 해도 이 길을 다시 가리라고는 생각도 못 했다는 게 문득 떠올랐다.

산이와 아버지 일행은 멀리 사비성이 보이는 곳까지 이틀 만에 이동했다.

"징그럽게 많네. 개미 떼도 저것보다는 적겠구먼."

사비성 외곽에 진을 치고 있는 당나라 군사들을 보고 막주량이 혀를 내둘렀다. 아무리 봐도 그곳을 정면으로 들어가기는 힘들 것 같았다.

산이는 자기가 빠져나왔던 비밀 통로를 어렵지 않게 찾아냈다.

"진짜 있었구나! 성왕께서 사비성 터를 닦을 때부터 준비해 두신 모양인데, 어라하께서는 어찌 이 길을 모르셨을까? 아셨다면 한 달, 아니 일주일만 버텼어도 전쟁의 승패가 달라졌을 텐데."

아버지가 허망한 표정으로 중얼거렸다.

산이는 얼른 비밀 통로 앞으로 나섰다. 혹시라도 여기까지 와서 자기만 되돌려 보낼까 봐 걱정돼서였다. 산이 일행은 긴 통로를 지나 무사히 사비성 안으로 숨어들어 갔다.

사비성 안은 예상보다 더 처참했다. 수많은 사찰과 목탑이 무너지고 불에 탔다. 귀족들의 집은 약탈당했고, 곳곳에 시체가 널브러져 있었다. 그동안 얼마나 끔찍한 일이 벌어졌는지 충분히 알 수 있었다.

그런데 사비성 문 앞에는 사람의 목 두 개가 걸려 있었다. 그 아래 나무판자에는 '신라의 배신자 검일과 모척의 목을 베다. 김오랑'이라고 쓰여 있었다. 산이는 그 글자를 보는 순간 고개를 휙 돌려 버렸다. 마음이 몹시 무거웠다.

아버지와 부하들은 순찰하던 당나라 군사들을 은밀히 공격해 으슥한 곳으로 끌고 갔다. 그러고는 옷을 벗겨 그 옷으로 갈아입었다. 몇 차례 그렇게 해서 모두 당나라 군사처럼 변장할 수 있었다.

변장한 아버지와 일행은 서둘러 어딘가로 향했다. 한참을 가더니 그 자리에 우뚝 멈췄다. 그곳은 예전에 동천사가 있던 자리였는데, 절과 탑은 불타고 담은 무너져 휑뎅그렁했다. 하지만 그곳에 사람들이 있었다.

"저기 사람들이 보여요!"

산이는 가슴이 마구 뛰었다. 아버지가 위험을 무릅쓰고 사비성에 들어온 이유를 알 것 같았다. 지금 저기에 살아남아 있는 저 사람들을 구하기 위해서였다. 얼추 100명쯤 되는 사람들이 신라 군사들의 감시를 받으며 주저앉아 있었다. 낮에는 성을 치우는 일을 시키고, 밤에는 저렇게 한곳에 모아 두고 감시하는 모양이었다.

"이동한다."

아버지는 별다른 감정을 내비치지 않고 명령했다. 그러고는 그림자가 진 곳을 골라 또 어디로 향했다. 당나라 군사를 피해 살아남은 사람들이 있는 장소 몇 군데를 계속 확인하며 움직였다.

산이는 아버지가 의아했다. 이 정도면 남아 있는 사람들을 구해서 빠져나갈 법도 한데, 쉬지 않고 자꾸 가기만 했다. 그러나 얼마 지나지 않아 산이는 아버지가 사비성 중심으로 가고 있다는 것을 눈치챘다. 아버지는 정림사가 멀찌감치 보이는 곳에서 발을 멈췄다.

"잠깐만요, 아버지! 우리가 다시 사비성으로 온 이유는 살아남은 사람을 구하기 위해서가 아니었나요?"

뭔가 이상하게 돌아간다고 생각한 산이가 물었다. 그러나 아버지는 산이의 물음에 대꾸도 하지 않았다. 굳은 표정만 봐서는 무슨 생각을 하는지 도무지 알 수가 없었다.

"대답해 주세요, 아버지. 사비성으로 다시 돌아온 이유가 뭔가요?"

아버지가 산이를 휙 돌아봤다. 그리고 열릴 것 같지 않던 입을 열었다.

"백제의 혼을 지키기 위해서다."

"혼이요? 그게 무슨 말이에요?"

"사비성에서 도망쳐 나온 병사가 있었다. 그는 죽어 가면서도 소정방이 정림사 석탑에 어떤 짓거리를 하고 있는지 말해 주었다."

뒷말을 기다리며 산이가 아버지를 빤히 쳐다봤다.

"당나라 고종이 소정방을 보내 우리 백제를 정복했다는 비문을 새기고 있다더구나."

"그러니까 석탑에 새기고 있는 글귀를 지우려고 여기에 온 건가요? 저기 살아 있는 사비성 백성들을 구하는 게 아니라 글귀 하나 지우려고요?"

"시끄럽다! 어린 네가 무엇을 안단 말이냐? 소정방이 새긴 저 글귀는 수백 수천 년을 갈 것이다. 석탑이 남아 있는 한은 사람들이 백제의 멸망과 치욕을 기억할 것이다. 결국 백제의 혼은 시들어 흔적조차 남기지 못하고 잊힐 것을 왜 모르느냐!"

산이의 말에 아버지는 버럭 화를 냈다. 눈에서 불이 뿜어져 나오는 것 같았다. 산이는 그런 아버지를 이해하기 힘들었다. 살아 있는 사람이 아니라 겨우 비문에 새긴 글귀 때문이라니……. 고개가 절로 내저어졌다. 그래서였을까? 산이는 저도 모르게 속에서 들끓고 있던 말을 쏟아 냈다.

"돌에 새긴 글귀 때문에 백제의 멸망과 치욕이 이어진다면, 사람을 살리지 않고 외면한 것 때문에 뼈에 새겨지는 부끄러움과 수치는 어떻게 잊으시려고요?"

아버지 앞에서 이렇게 당차게 말해 본 적이 없는 산이는 말하고 나자 몸이 떨렸다.

차가운 달빛 아래 산이와 아버지의 눈빛은 더욱 날카롭게 부딪쳤다. 아무도 어느 한쪽을 편들 수 없는 분위기였다.

"이러고 있을 시간이 없습니다. 서둘러야 합니다."

막주량이 주변을 살피며 두 사람 사이에 끼어들었다. 아버지는 피가 맺히도록 입술을 악물고 주먹을 꽉 쥐었다. 전투에서 피 흘리며 죽어 간 동료들과 부하들을 생각하면 당장이라도 달려가 적부터 무찌르고 싶었다. 그러나 지금은 무엇보다 비문을 지우는 게 먼저였다.

"아버지는 제게 백제의 검은 백성을 지키는 것이 첫째라 하셨습니다. 힘을 기르고, 공부를 하고, 무예를 습득하는 것은 외세의 침략에서 힘없는 사람들을 구하고 지키기 위해서라고요. 그러니까 지금까지 아버지는 탑에 새겨진 글귀를 지우기 위해 힘을 기르라고는 단 한 번도 말씀하시지 않았다는 겁니다."

어디에서 이런 용기가 나왔을까? 산이는 자기가 말하고

나서도 깜짝 놀랐다. 도무지 자기 입에서 나온 말 같지가 않았다.

아버지는 밤하늘을 올려다봤다. 아직 어리다고만 여겼던 아들 산이가 한 말 중에 틀린 말이 하나도 없었다. 너무나 옳은 말이라 산이가 내뱉는 말 한 마디 한 마디가 뜨거운 인두로 지지는 것처럼 심장에 새겨졌다.

"사람을 나눈다. 계륵치, 율사, 곽을지는 나와 함께 정림사 탑으로 간다. 저곳까지 가면서 최대한 시선을 끌어야 한다. 그동안 막주량과 백한수, 모치, 진충, 조복, 우태는 잡힌 사람들을 구해서 들어온 통로로 빠져나가라. 그런 다음 백강을 따라 후퇴한다. 알겠는가?"

산이의 눈이 확 커졌다. 지금 아버지가 한 말의 뜻을 알아들었기 때문이다. 그런데 막주량은 이맛살을 찌푸렸다.

"지달 무덕! 네 사람이 미끼 역할을 하겠다는 말인데 괜찮겠습니까?"

"누가 저들의 시선을 끌지 않으면 구출하지 못하고 개죽음을 당할 수밖에 없다. 부여산, 네가 길잡이가 돼야 한다. 알겠느냐?"

산이는 덜컥 겁이 났다. 말은 생각나는 대로 지껄였지만 아버지가 이야기한 대로 잘 행동할 수 있을지 걱정됐다. 게다가 아버지와 떨어져야 한다는 게 솔직히 두려웠다.

"네가 잘 이끌면 모두 살 것이고, 네가 나 때문에 주저하면 전부 죽을 수도 있다. 할 수 있겠느냐?"

아버지는 말을 하면서 산이 눈을 뚫어져라 바라보았다. 조금 전까지 두려워하던 산이는 천천히 고개를 끄덕였다. 여기까지 와서 못 하겠다고 뒤로 뺄 수는 없는 노릇이었다. 아니, 할 수 있느냐 없느냐의 문제가 아니었다. 반드시 해야만 하는 일이라는 것을 본능적으로 알아챘다.

아버지가 산이 오른쪽 어깨에 손을 올렸다. 산이는 그 두툼한 손을 통해서 아버지의 걱정과 미안함과 믿음 그리고 격려 같은 마음을 느낄 수 있었다.

"믿는다."

아버지는 말을 마치자마자 일행과 함께 어둠 속으로 사라졌다. 산이는 함께 갈 막주량 옆으로 바짝 붙었다.

"서둘러라. 잡힌 사람들을 빨리 빼내고 네 아버지를 도우러 가야 한다."

산이는 고개를 끄덕이고 막주량과 함께 움직였다. 가는 동안 살아남은 사람들을 어떻게 빼낼지 끊임없이 궁리했다.

바로 그때였다. 왕궁으로 가는 길목에서 치솟는 불길이 보였다.

"당나라가 배신했다. 당나라가 우리 신라군을 공격한다!"

그리고 다른 쪽에서 한바탕 소란이 일었다. 당나라 말로 누가 고래고래 외치는 소리도 들렸다.

"계륵치 영감 목소리군. 좋아! 그렇게 소란을 피워야지."

막주량의 말을 듣고서야 그게 아버지와 부하들이 하는 일이라는 것을 알았다.

갑작스러운 기습에 신라 병사들은 변변찮은 대응조차 못하고 쓰러졌다. 놀란 사람들에게 백한수와 진충 그리고 우태가 돌아다니며 상황을 설명했다.

"산아, 너는 이 사람들을 이끌고 비밀 통로로 가거라. 남은 두 군데는 우리가 가겠다. 진충! 산이와 함께 가라. 곧 그곳에서 만나자."

막주량의 말에 산이를 비롯한 이들이 바삐 움직였다.

아버지와 부하들이 소란을 일으키자 당나라와 신라 군사들은 크게 당황했다. 동맹이라고는 했지만, 당나라는 백제와 고구려를 친 뒤에 신라까지 정복할 속셈이었다. 그리고 신라는 당나라의 검은 속내를 모르지 않았기에 늘 경계하고 있던 터였다. 한마디로 서로를 완전히 믿지 못했기 때문에 더 크게 당황했는지도 몰랐다.

이런 상황은 이동하고 있던 백제 생존자들에게 좋은 기회가 되었다. 당장 당나라 군사와 신라 군사들이 서로를 신경 쓰느라 무기가 없는 백성들은 안중에도 없었기 때문이다. 두 나라 군사가 올 때 벌벌 떠는 시늉을 하며 길 옆으로 엎드리면 군사들이 무시하고 지나갔다. 숨어 있던 사람들도 그 틈에 이동했다.

소란은 밤새 이어졌다. 아버지와 부하들이 교묘하게 곳곳을 숨어 다니며 들쑤셔 놓자 당나라와 신라 지휘관들은 속수무책으로 당하기만 했다.

어느덧 날이 뿌옇게 밝아 왔다. 그 시각, 산이는 막주량과 함께 생존자들을 다른 곳으로 보내고 부소산 기슭에 숨어 아버지를 기다렸다.

"더 지체했다간 추격대가 따라붙을 수 있다. 그러니 조금만 더 기다려 보고, 안 오면 이곳을 떠나야 한다."

막주량이 산이에게 말했다. 산이는 마지못해 고개를 끄덕였다. 아버지가 한시바삐 돌아오기만을 비느라 속이 시커멓게 타들어 갔다.

'제발! 아버지, 빨리요!'

시간이 흘러 이제 해가 떠오르기 직전이었다. 그 시각까지 오지 않는 부여지달을 기다리던 막주량은 산이의 어깨를 잡았다. 가자는 신호였다. 그러나 산이는 몸에 힘을 주고 버텼다. 가야 한다는 건 알지만 떠날 수가 없었다. 아니, 발길이 떨어지지 않았다.

그때였다. 어디서 부스럭대는 소리가 들리는 것 같더니 누가 걸어오는 모습이 보였다. 비척비척, 온몸이 피투성이가 된 아버지가 계륵치 영감을 업고 걸어오고 있었다. 그 옆으로는 왼쪽 팔뚝까지 잘린 율사와 곽을지가 다리를 절며 오고 있었다.

그 순간, 산이 얼굴이 확 펴졌다. 말할 수 없는 기쁨이 차올랐다. 산이는 얼른 아버지 앞으로 달려갔다. 막주량도 따라와서 계륵치 영감을 받아 업었다. 산이는 아버지를 부축했다. 비록 온몸이 온전하지는 않았지만 아버지의 단단한 팔이 그 어느 때보다 든든했다.

"소정방이 정말 정림사 석탑에 제 공덕을 치하하는 글을 붉게 새기고 있더구나."

바짝 마른 입술을 달싹이며 아버지가 말을 시작했다.

"지난밤 우리는 그놈의 공덕에 거하게 똥을 뿌렸다. 세상 사람들은 몰라도 그놈과 우리는 안다. 산이 네 말대로 돌에 새기는 것은 못 막았어도 백제 사람들의 생명을 살려 이 아비의 영혼에 새겼으니, 그것으로 만족하겠다."

산이는 아버지 말을 가만히 듣기만 했다. 딱히 무슨 말을 해야 할지 떠오르지 않았다.

백강 기슭까지 가니 작은 배가 기다리고 있었다. 다들 쓰러지듯 배에 올라탔다.

한편, 그 시각에 당나라 지휘부는 간밤의 일로 멍하니 정신을 놓고 있었다.

"피해를 보고하라."

화려한 장식의 갑옷을 입은 풍채 좋은 소정방이 정림사 석탑을 바라보며 말했다. 소정방은 13만 군사를 이끌고 와 백제를 무너뜨린 당나라 장군이었다.

"신라군과 충돌하여 120여 명의 사상자가 나왔습니다. 하지만 신라군에서도 사상자가 70여 명 생긴 듯합니다."

"그뿐인가?"

"솔직히 피해는 많지 않지만 신라 쪽과 감정의 골이 깊어진 게 문제입니다. 그리고 살아남은 백제인 상당수가 탈출했습니다."

"대체 그 일을 누가 주도했단 말이냐? 그건 파악했느냐?"

"저기…… 그러니까 비밀 통로가 있었습니다. 왕궁 우물터에서 정림사 건물 아래, 태자궁이 있는 남쪽 연못가 동남사 목탑 아래 등에 사람 한둘은 너끈히 다닐 만한 지하 통로가 있었습니다. 아무래도 사비성 터를 닦을 때 만들어 놓은 듯합니다."

"고약한지고! 내 이참에 고구려도 물리치고 나서 신라까지 쓸어 버릴 계획이었는데, 이 조그만 땅덩어리 하나 차지하는 게 이렇게나 힘든 일이었단 말인가?"

소정방은 정림사 석탑을 노려봤다. 석탑에는 '대당평백제국비명(大唐平百濟國碑銘)'이라고 크게 쓴 글귀와, 당나라 황제 고종이 소정방 자신을 보내 백제를 정복하게 했다는 내용을 담은 비문이 새겨지고 있었다.

"비문 새기는 작업을 서둘러라! 비문이 완성되는 대로 당으로 돌아간다. 더 철저히 준비해서 고구려를 치고, 그다음 상황을 봐서 신라까지 노린다. 그리고 비밀 통로는 싹 무너뜨리고 묻어 버려라. 오늘 일은 철저히 비밀에 부친다. 우리

의 승리에 오점을 남기면 안 된다."

산이와 아버지가 탄 배는 무심히 흐르는 백강을 따라 사비
성에서 점점 멀어졌다. 지칠 대로 지친 아버지가 더 깊어진
목소리로 나지막이 한마디 했다.

"임존성으로 가자. 백제의 싸움은 아직 끝나지 않았다."

산이는 아버지 손을 꼭 잡고 고개를 끄덕였다.

정림사 석탑은 붉게 칠해진 글씨를 몸에 새기고도 결코 무
너지지 않았다. 백제의 혼이 쉽게 사라지지 않는다는 것을 말
없이 온몸으로 보여 주는 듯했다.

　오래전에 부소산성에 갔다가 풀숲 사이에서 오래된 기와 조각을 본 적이 있습니다. 세월의 흔적이 잔뜩 묻은 기와 조각은 아마도 예전에 세워진 백제의 건물에 얹어져 있던 것 같았습니다. 시간이 흐르고, 백제가 사라지고, 기와가 있던 건물도 사라졌지만 기와 조각은 풀숲에서 천년이 넘는 시간을 버텨왔습니다. 저는 그 기와 조각을 보면서 역사를 떠올렸습니다. 기와를 만든 사람이 누구인지는 알 수 없습니다. 기록에 남아 있지 않기 때문이죠. 하지만 기와를 만든 사람을 생각해 봅니다. 그리고 그 사람이 겪었을 시대의 아픔을 떠올려 봤습니다. 백제는 여러모로 슬픈 나라입니다. 그래서인지 그 흔적인 기와 조각을 봤을 때 백제의 이야기를 해 보고 싶었습니다. 다행히 기회가 주어져서 짧게나마 백제의 이야기를 쓸 수 있었습니다. 재미있게 읽고, 기억해 주시기 바랍니다. _정명섭 백제 유적 답사를 떠난 날, 사리 장엄구인 갈색 유리병을 보았습니다. 금장식이나 유리구슬처럼 화려한 장신구보다 갈색 유리병이 눈에 밟혔어요. 작고 색이 어두운 유리병은 평범했습니다. 불교를 국교로 믿었던 백제 사람들에게 부처님의 사리를 모시는 것은 부처님을 그곳에 모시는 것과 같았습니다. 그 의미를 알고 있었을 텐데, 왜 갈색 유리병을 택했을까요?

백제 이야기를 쓰기로 했을 때 갈색 유리병을 떠올렸습니다. 유리병이 놓였던 곳과 복원된 미륵사지 탑도 매력적이었지만, 아담한 유리병이 품은 이야기를 담고 싶었습니다. 오래전 역사는 사료가 부족하여 빈 공간이 많았습니다. 그 빈 공간을 채운 것은 가량의 힘이었습니다.

이 이야기는 토지문화관에서 마지막 부분을 다듬었습니다. 복숭아꽃이 만발하던 때에 가량을 만나 먼 옛날로 돌아갔다 오곤 했지요. 이 이야기를 읽는 사람에게도 가량이 갈색 유리병을 만들던 마음이 닿기를 바랍니다. _김하은

이 이야기를 쓰기 위해 부여 정림사에 방문했을 때, 미디어 아트 축제가 한창이었습니다. 해 질 무렵, 아름답게 빛나는 작품들이 입구에서부터 중문을 지나 회랑과 너른 마당 그리고 금당에 이르기까지 곳곳에 자리 잡고 있었습니다. 그 모습은 옛 백제의 역사와 유산을 현대의 기술을 통해 지금의 우리에게 전

달하는 것 같았습니다. 그리고 쏟아지는 달빛 아래 이 모든 것을 조용히 지켜보는 정림사지 5층 석탑이 그 한가운데 서 있었습니다.

1943년에 '정림사'라는 글자가 새겨진 기와 조각이 발견되기 전까지 이 탑은 '평제탑'이라고 불렸습니다. 당나라 장수 소정방이 신라군과 연합하여 백제를 무너뜨린 것을 기념한다는 내용이 탑 1층 몸돌에 새겨져 있었기 때문입니다.

백제의 번영과 평화를 바라는 사람들의 바람을 담아 세운 탑이, 이름조차 잊힌 멸망한 나라의 현실을 보여 주고 있었다는 생각이 들자 손끝이 간질거리기 시작했습니다. 네, 백제 소년 부여산의 이야기는 그 상상에서부터였습니다. 당나라군에 의해 정복당한 나라. 정복자는 남은 사람들의 마음을 꺾고 자신들의 위업을 알리기 위해 탑에 글을 새기고, 이를 막기 위해 목숨을 거는 아버지와 그 앞을 막아서며 진짜 지켜야 할 것이 무엇인지 호소하는 주인공 산이의 이야기는 그렇게 시작되었습니다.

시대의 아픔을, 지울 수 없는 상처를 오래 기억하고 싶은 사람은 없을 것입니다. 그러나 그 속에서도 진짜 지켜야 할 무언가를 찾기 위해 고민하는 누군가가 있다면, 이 이야기가 용기가 되었으면 좋겠습니다. _임지형